Ascanio Celestini
Schwarzes Schaf

Quartbuch

Ascanio Celestini

Schwarzes Schaf

Nachruf auf die elektrische Irrenanstalt

Aus dem Italienischen von Esther Hansen

Verlag Klaus Wagenbach   Berlin

Inhalt

Anfang

Ich bin dieses Jahr gestorben.
　　Alle wollten dieses Jahr sterben.

Wer bis heute gelebt hat, hat alles gesehen, was man sehen konnte.
　　Er hat Hunde im Weltall gesehen, Menschen auf dem Mond und einen Roboter mit Rädern auf dem Mars. Er hat New York, London und Madrid in die Luft fliegen sehen, und nicht mehr nur Kabul und Bagdad. Er hat das Kinderüberraschungsei gesehen, das aus jedem Tag des Jahres ein ewiges Ostern macht. Er hat Milch in Pulverform gesehen, Wein im Tetrapak und Erdbeeren mit Essig.

Alle wollten dieses Jahr sterben, denn vom nächsten an wird es nichts Neues mehr zu sehen geben.

Die Welt wird sich wiederholen, wie die Zweitausstrahlung einer schon gelaufenen Sendung. Die Zukunft wird die Zusammenfassung der vorangegangenen Folgen sein. Von morgen an wird selbst Völkermord langweilig.

Erster Teil

Ich erinnere mich an mein vergangenes Leben

Eins

Ich bin in den sechziger Jahren geboren.
In den fabelhaften Sechzigern.

Alle wollten in den sechziger Jahren geboren werden, aber leider wurden manche vorher geboren. Und sie schämen sich, in den fünfziger Jahren geboren zu sein, mit den ganzen armen Hungerleidern, die in den Läden nichts zu kaufen hatten und die wir heute noch in ihren Armeleutekleidern durch die Schwarz-Weiß-Filme der Privatsender laufen sehen. Selbst die Reichen hatten damals Sachen an, wie sie sich heute die Emigranten aus Albanien kaufen, die im Schlauchboot nach Italien kommen. Damals hatten alle Angst vor dem Krieg, der gerade erst vorbei war. Damals gab es nur einen im ganzen Haus, der einen Fernseher hatte, und alle waren ständig bei ihm und verpesteten ihm die gute Stube mit ihrem Neid.

Alle wollten in den sechziger Jahren geboren werden, aber manche haben es nicht rechtzeitig geschafft und wurden später geboren, und sie fuchst es heute noch, zu spät gekommen zu sein. Sie wurden in den bleiernen Jahren geboren, wo die Leute auf der Straße starben wie mitten im Krieg.

Nur in den sechziger Jahren war der Krieg weit genug weg, dass niemand an ihn dachte.

Alle wollten in den sechziger Jahren geboren werden, aber man kann im Leben alles ändern, außer dem Geburtsdatum.

In den fünfziger Jahren taten die Leute nichts Spannendes.

Das einzig Gute an den fünfziger Jahren war die Gewissheit, dass bald die sechziger Jahre anfangen würden.

Dann kam das Jahr 1959 und alle bissen noch ein paar Tage die Zähne zusammen, denn es fehlte nicht mehr viel bis zum Ende dieser faden Jahre. Im Sommer 1959 fuhren die Leute nicht mal ans Meer. Sie schämten sich für die ollen, albernen Badesachen, die sie anhatten. Und wer doch ans Meer fuhr, badete im Meerwasser, das nach nichts schmeckte. Es schmeckte nicht nach Salz, es hatte einfach nicht diesen Geschmack, den das Meer in den sechziger Jahren haben würde. Es war ein schales Wasser, fade wie die gesamten fünfziger Jahre.

An Weihnachten 1959 waren die Menschen ganz high, so neugierig waren sie auf die fabelhaften Sechziger, die bald anfangen würden, und sie vergaßen darüber sogar das Feiern. Sie kauften keinen Panettone und keinen Pandoro, keinen Sekt und keinen Torrone. Sie gingen früh ins Bett und hatten nicht einmal ihre Krippen aufgebaut. Ein paar hatten einen Stall hingestellt mit etwas Moos, aber von den Figuren waren nur die Heiligen Drei Könige da, denn sie waren auf der Reise und würden zusammen mit dem neuen Jahr ankommen. Die Heiligen Drei Könige der 1959er-Krippe waren schon die Heiligen Drei Könige der sechziger Jahre. Doch das Jesuskind hat niemand dazugelegt. In dem Jahr hatte das Jesuskind keine Lust, geboren zu werden, dafür war es an Weihnachten 1960 so froh, dass es gleich dreimal auf die Welt kam.

Dann kam der 31. Dezember und rund um den Globus warteten die Menschen auf den Beginn der fabelhaften Sechziger. Kaum hatte es Mitternacht geschlagen, hagelte es Wunder über Wunder. Einem Kahlkopf wuchsen echte Hippie-Haare. Alte Frauen mit Dutt und ollen *Ciocie* an den Füßen hatten plötzlich blonde Marilyn-Monroe-Locken und unter den schwieligen Sohlen wucherten ihnen Pfennigabsätze. Selbst die Mädchen mit dickem Hintern, die sich immer scheu an den Mauern entlanggedrückt hatten, weil sie so einen ausufernden Hintern hatten wie die Hilfsarbeiterinnen auf den Reisfeldern der fünfziger Jahre ... selbst die bekamen einen perfekten Hintern, schön verpackt in den Miniröcken der sechziger Jahre. Und an den Beinen hatten sie keine Haare mehr. Nichts, nicht das kleinste Pünktchen von der Rasierklinge zu sehen. Sie hatten glatte, total perfekte Beine.

Am 31. Dezember 1959 warteten alle auf den Beginn der fabelhaften Sechziger.

Alle außer meiner Großmutter.

Meine Großmutter legte sich an dem Abend wie immer um acht ins Bett.

Meine Großmutter hasste die sechziger Jahre. Sie hasste auch die fünfziger und die vierziger Jahre. Sie hatte den Krieg und den Faschismus gehasst, die Deutschen und die Amerikaner. Das Einzige, was sie nicht hasste, waren ihre Hühner.

Meine Großmutter war wie eine alte Frau angezogen, Omakittel und Stinkeatem. Und wenn sie rülpste, rochen ihre Rülpser nicht etwa nach *Coca-Cola* und *Pepsi-Cola*. Ihre Rülpser rochen nach frischem Hühnerei. Sie lief immer barfuß herum, sogar im Hühnerhaus. Sie sang nicht die Lieder der sechziger Jahre, sie sprach mit der Henne und die reckte ihren Hals. Meine Großmutter hielt ihr eine Hand unter den Hintern und die Henne ließ das Ei fallen. Meine Großmutter bohrte mit dem langen Nagel von ihrem kleinen Finger ein Loch in das Ei und trank es. Sie sagte »das ist frisch, das Ei. Es riecht noch nach Hühnerarsch.«

In den sechziger Jahren brachte mich meine Großmutter jeden Morgen zur Schule, aber montags zog sie die festen Strümpfe aus der Apotheke an und ihre Schuhe. Montags brachte sie mich bis zur Klasse. Ich ging in die letzte Reihe und sie ging zur Lehrerin und fragte sie »wie macht er sich denn, unser Kleiner?« Und die Lehrerin antwortete »er macht sich nicht gut, unser Kleiner. Ich habe ihn in die letzte Reihe gesetzt, damit er nicht stört. Ich habe ihn allein gesetzt, denn sonst verdirbt er mir noch die anderen. Er kommt nur zur Schule, um die Bank zu wärmen. Er ist schwach im Rechnen. Er ist schwach in Erdkunde. Er ist schwach im Kopf. Er ist der Schlechteste in der ganzen Klasse. Er ist das schwarze Schaf. Ich glaube, ich werde ihn dieses Jahr nicht versetzen, denn wenn er das Jahr wiederholt, lernt er vielleicht wenigstens irgendwas.« Und meine Großmutter zog ein frisches Ei aus ihrer Schürze, bohrte mit dem langen Nagel von ihrem kleinen Finger ein Loch hinein und reichte es der Frau Lehrerin. Die trank und meine Großmutter sagte »trinken Sie nur, Frau Lehrerin, das ist frisch, das Ei. Es riecht noch nach Hühnerarsch.« Und die Klassenkameraden lachten, weil meine Großmutter wie eine Oma angezogen war. Sie lachten, weil sie *Arsch* sagte. Auch wenn es nur ein Hühnerarsch war … sie lachten trotzdem.

Am letzten Schultag kam die Lehrerin zu mir in die letzte Reihe und sagte »manche Kinder reifen früher, manche später. Genau wie bei den Äpfeln. Und du bist der faule Apfel, dich kann man auf den Müll schmeißen. Du bist das schwarze Schaf, dir ist nicht zu helfen, du brauchst nicht mal eine Ehrenrunde. Ich werde dich wohl doch versetzen. Sag deiner Großmutter, dass ich dich versetze, sag, sie soll mir Eier bringen.« Und am Tag der Zeugnisse zog meine Großmutter die festen Strümpfe aus der Apotheke an und ihre Schuhe. Wir gingen in die Schule, wir bekamen das Zeugnis und ich war versetzt. Da ging meine Großmutter mit mir zur Lehrerin und bedankte sich und gab ihr Eier, und den anderen Lehrern gab sie auch Eier. Auch dem Pfarrer, der den Katechismus lehrte, und auch dem Turnlehrer und sogar dem Direktor. Sie bohrte ihnen mit dem langen Fingernagel ein Loch hinein und alle tranken. Meine Großmutter zeigte mir diese Lehrer der sechziger Jahre und sagte »die Lehrer sind alles Heilige. Genau wie die Heiligen in der Kirche. Und der Direktor ist der heiligste von allen, er ist der Oberheilige, er ist Jesus Christus.« Ich sagte »nein, das ist doch ein Witz, Großmutter …« Doch der Direktor sah nicht aus wie ein Witz. Er schlürfte sein frisches Ei wie das Abendmahl. Dieses Ei war die Heilige Hostie und er kam mir vor wie Christus, der die Kommunion abhält, Christus, der selbst seinen eigenen Leib verspeist.

Und meine Großmutter sagte »trinkt, ihr Herren Lehrer, das ist frisch, das Ei. Es riecht noch nach Hühnerarsch.«

Zwei

In den sechziger Jahren gingen wir immer in die Irrenanstalt.

Meine Großmutter ging dorthin und brachte frische Eier.

Ich ging mit und sie belud meine Arme mit Plastiktüten voll eingewickelter Eier und ging so mit mir zum Tor. Die Schwester machte uns auf und führte uns in die Küche. Jemand kackte auf den Boden und die Schwester sagte »ihr müsst entschuldigen, dass er gekackt hat, aber er ist wie eine Pflanze. Eine Pflanze, die auf die Erde kackt.« Die Schwester sagte »da kann man nichts machen, manche Irre sind wie Esel, die Iah schreien und austreten, wenn man Eseln etwas Gutes tut, erntet man nur Tritte.« Sie sagte, das ist normal, dass sie auf den

Boden kacken. Es ist leichter, die Kacke wegzuwischen, als ihnen beizubringen, aufs Klo zu gehen. Leichter als ihnen beizubringen, sich mit Klopapier abzuputzen, sich den Hintern im Bidet zu waschen und so weiter …

Und ich sah all diese armen Irren, die kackten und an die Wand spuckten. Und die Wände waren voll mit Schleim, der langsam wie eine Schnecke unter Drogen den Putz hinabkroch. Er kroch so lange, bis die trockene Luft ihn an der Mauer festklebte. Die ausgetrocknete Spucke blieb als Stickmuster an der Wand haften, bis der Pfleger mit einem Schaber vorbeikam und sie ablöste wie Miesmuscheln. Und dann gab es Irre, die sich in die Hose machten. Sie pissten sich in die Hose, die war immer entweder zu eng oder zu weit, weil die Pfleger sie morgens nackig aus dem Bett holten. Dann zogen sie aus einem Plastiksack die Kleider hervor und verteilten sie auf gut Glück. Und die Kleider gab es nur in zwei Größen, nicht etwa wie im Kaufhaus, wo es alle Größen gibt. In der Anstalt … da hatte vielleicht einer eine Plauze und bekam eine enge Hose, während ein ganz dünner Irrer sich die weite Hose anzog. Die Schwester sagte »das ist nicht wichtig, ob den armen Kerlen die Hose runterrutscht. Wichtig ist nur, dass sie schnell aufstehen und pünktlich zum Frühstück erscheinen. Die Anstalt achtet darauf, dass der Zeitplan eingehalten wird.« Aufwachen, waschen, kacken, pissen, anziehen, essen, schlafen. Alles nach Plan. Und das Leben geht weiter.

Die Schwester sagt, das nennt man *Pflege der Moral*. Die Unordnung im Gehirn wird durch die

Ordnung in der Anstalt kuriert. Die Pfleger stellen alle Betten in einer Reihe auf. Die Kleider haben alle dieselbe Farbe, denn in der Waschmaschine wird eh alles bei neunzig Grad gewaschen zum Desinfizieren, die Farben mischen sich und heraus kommt ein Irrenhausgrau, das haben dann alle Kleider. Die Schwester sagt, dass man die Pflege der Moral auch daran erkennt, dass alle dasselbe essen. Nun essen wir eine schöne gekochte Birne! Die Birne, ein bisschen Wasser, keinen Wein, keinen Kaffee. Messer und Gabel nein, nur Holzlöffel und Aluminiumgeschirr. Manches Besteck ist eben gefährlich.

Und ich sah immer all diese armen, von der Schwester dressierten Irren, wie sie aus dem Bett sprangen und sich die falschen Kleider anzogen. Die Schwester zählte sie und schickte sie in den Speisesaal. Die Irren setzten sich in Bewegung wie die Clowns im Zirkus, die am Ende der Nummer eine Runde durch die Manege drehen und winken. Nur dass den dressierten Irren niemand zuschaute. Dass niemand ihnen am Ende der Nummer applaudierte. Nur ich und meine Großmutter sahen die Vorstellung mit unseren Plastiktüten voll mit Eiern, aber wir lachten kein bisschen und klatschten auch nicht.

Dann gibt es noch einen speziellen Typ von Irren, und das sind die Katatoniker.

Sie liegen still im Bett. Einige werden morgens geweckt und auf eine Bank gesetzt, wo sie bis zum Abend bleiben, dann packt man sie wieder unter das Bettlaken. Ein paar können alleine ins Bad gehen, brauchen aber den lieben langen Tag dafür.

Sie wachen auf, gehen los, kommen an, kacken, gehen zurück und legen sich schlafen. Und das Leben geht weiter.

Die Schwester sagt »es ist gut, dass es in der Anstalt auch die Katatoniker gibt und nicht nur die, die schreien und alles kaputtmachen. Außerdem, wenn die Betten knapp werden, können wir auch mal drei davon in eins legen … das spart Platz.«

Die Katatoniker sehen wie Tote aus und meine Großmutter lässt mich oft bei ihnen zurück, weil sie mir nichts tun können. Sie sagt »das ist wie im Leichenschauhaus mit diesen armen reglosen Irren. Die sind ganz lieb. Sie sind wie Pflanzen.«

Drei

Ich erinnere mich, dass ich als Kaninchen verkleidet war.

Ich erinnere mich, dass es Karneval in den sechziger Jahren war.

Ich erinnere mich, dass ich lange Ohren mit Draht drin hatte, damit sie hochstanden, aber eines war zerrissen und man sah den rostigen Draht. Ich hasste dieses alberne Kaninchenkostüm. Den ganzen Tag war ich ganz still vor lauter Wut auf das Kostüm, und meine Großmutter hat zu mir gesagt »es ist besser, wenn du eine Weile hierbleibst bei der Schwester auf der Station der Katatoniker-Irren. Bleib hier bei der Schwester.« Ich setzte mich neben die Schwester, die auf einem Stuhl saß und den Rosenkranz betete. Sie sah aus, als führte sie

Selbstgespräche … dabei redete sie mit Gott! Aber sie redete so leise, dass ich glaube, selbst Gott muss gedacht haben, sie führt Selbstgespräche.

Dann hat meine Großmutter ein frisches Ei aus dem Kittel gezogen, hat mit dem langen Nagel von ihrem kleinen Finger ein Loch hineingebohrt und es mir zum Trinken gegeben. Meine Großmutter war angezogen wie eine alte Frau, mit den Omaschuhen und den Strümpfen aus der Apotheke und sie hat mich mit der Schwester allein gelassen, die betend zwischen all den Betten voll mit Irren saß, die aussahen wie Kinderleichen. Ich habe das Ei getrunken und dann gedacht »wenn nun der Tod persönlich vorbeikommt und diese halbtoten Irren sieht, und die Schwester, die wie eine lebende Leiche aussieht und mich, wie ich hier so still sitze wie der Tod. Dann bringt der uns am Ende noch alle ins Jenseits.« Da habe ich angefangen zu reden.

Ich habe auf die Schwester eingeredet, die mir nicht zuhörte.

Wie einer, der den Inhalt einer Plastiktüte auf dem Boden ausleert, eine Tüte voll mit so Zeug aus dem Supermarkt. Eine Tüte voll mit Nesquik, Spüli und Halspastillen und alles landet auf dem Boden und die Bonbons schwimmen im Spüli und das Pulver fliegt durch die Luft und es riecht überall nach Kakao und Kinderfrühstück … Ich habe den Mund aufgemacht und ihr gesagt, was mir durch den Kopf geht. Ich habe mein Gehirn über ihr entleert.

Ich habe gesagt »ich hasse dieses Kaninchenkostüm. Das Kostüm wandert durch unser ganzes Haus, ich bin der Jüngste im Haus und dieses Kostüm ist für Neunjährige wie mich. Aber dieses Kaninchenkostüm wandert seit fast zwanzig Jahren durch unser Haus und alle ziehen es an. Es ist ein Kostüm aus den fünfziger Jahren. Ein fades Kostüm. Es ist so doof wie die fünfziger Jahre. Und ich bin bestimmt der hundertste Doofmann, der dieses doofe Kostüm anzieht. Und außerdem ist ein Drahtohr verrostet.

Ich wollte ein Tarzankostüm. Kennst du Tarzan? Das ist der Held aus so einem Dschungelfilm. Das ist so einer, der kann kein einziges Wort sagen außer *Ich*, *Du*, seinen Namen und den von dem Affen, der heißt *Tschita*. Und im Film lernt er noch den Namen von einer schönen weißen Frau, die heißt *Dschäin*. Und sein ganzes Leben kann er nur Sätze mit diesen Wörtern sagen, so wie ›ich Tarzan, du Tschita‹ oder ›ich Tarzan, du Dschäin‹, oder er ruft ›Tschita!‹, wenn er den Affen braucht, oder ›Dschäin‹, wenn die weiße Frau in Gefahr ist. Aber irgendwann wird dann klar, dass der Affe eifersüchtig ist auf die weiße Frau, und dann ist der Affe eingeschnappt und redet nichts mehr. Eigentlich redet er sowieso nicht im Film, bis auf so ein paar spitze Schreie, wenn er sauer ist ...

Der Affe kann nicht mal seinen Namen sagen, er sagt nicht ›ich Tschita‹. Dafür redet die Frau wiederum ständig. Sie redet für alle. Sie redet dermaßen viel, dass sie einem viel zurückgebliebener im Hirn vorkommt als der Affe. Aber der Affe ist ganz behaart und das findet Tarzan eklig. Während die Weiße ganz unbehaart ist und Tarzan total staunt deshalb. Aber dann verliebt er sich und meine Großmutter sagt ›Tarzan hat entdeckt, dass auch die Weiße Haare hat. Aber nur da, wo es nötig ist, und Tarzan gefällt diese Frau und diese Haarverdichtung. Sie gefällt ihm mehr als der Affe.‹

Tarzan schwingt sich an den Lianen durch den Dschungel und schreit seine ganze wilde Liebe zu Dschäin heraus. Er hat eine zerrissene Unterhose an und kann nur fünf Wörter sagen. Meine Großmutter sagt, er ist liebeskrank. Sie sagt, die Liebe hat sein Hirn krank gemacht. Sie sagt, sein Irrenhaus ist der Dschungel und dort lebt er wie die Irren in der Anstalt. Er wacht auf, isst, pisst, kackt, schwingt an den Lianen, spricht fünf Wörter, isst wieder, pisst wieder und geht wieder schlafen. Und das Leben geht weiter.«

Vier

Ich wollte Tarzan sein, um Marinella zu erobern, die ist nämlich wunderschön. Schöner als Rita, Antonietta und Lucia, das sind die anderen Mädchen aus meiner Klasse. Schöner als Sofia Loren und Marilyn Monroe, als Gina Lollobrigida und sogar als Dschäin aus dem Tarzan-Film. Ich wollte Tarzan sein und stattdessen bin ich ein Karnickel mit rostigem Ohr.

Auch Zorro wäre noch gegangen. Selbst als so was wie der schwarze Pirat hätte ich Marinellas Herz erobern können, die als Ballerina verkleidet ist.

Ich wäre auch lieber als Ballerina gegangen. Auch wenn dann alle anderen aus der Klasse, die ganzen Zorros oder Piraten, Tarzans oder sonstwas, behauptet hätten, ich wär als Schwuler verkleidet … da bin ich doch lieber schwul. Lieber schwul als Karnickel! Deshalb wollte ich auch nicht zu der Karnevalsfeier im Gemeindesaal gehen. Aber meine Großmutter hat mich mit Gewalt hingeschleppt. Sie hat sich Schuhe und die festen Strümpfe aus der Apotheke angezogen und mich zu diesem Fest in die Kirche geschleppt. Meine Großmutter war angezogen wie eine Oma und zwischen uns allen sah sie aus, als hätte sie sich für Karneval verkleidet. Als alte Frau.

Und im Gemeindesaal ist auch Pancotti Maurizio, das ist der größte Schwachkopf der ganzen Schule. Er isst Erde und hat ganz dreckige Zähne. Dreckig vor lauter Erde, und einmal hat er sich ein Stück Zahn abgebrochen, als er auf einen Stein gebissen hat, und er hat angefangen zu heulen und ist zum Pfarrer gerannt. Und dann hat er gelacht, weil der Pfarrer ihm gesagt hat »das ist ja sowieso ein Milchzahn und wenn du größer wirst, wächst da ein gesunder Zahn nach.« Er ist echt der weltgrößte Schwachkopf. Und er war als Zauberer verkleidet. Und seine Mutter hat ihm so ein Kostüm gekauft, mit dem ganzen Zauberkram dabei, so Zauberkarten, wo Pancotti Maurizio immer zu dir sagt »wähle eine Karte«, und dann errät er die Karte. Und mit einem Zylinder, wo Pancotti Maurizio immer eine unechte, vertrocknete Taube draus hervorzieht. Und mit einem Zauberstab, der sich in einen Blumenstrauß verwandelt und Pancotti Maurizio schenkt ihn Marinella und ich polier ihm die Fresse, dem Pancotti Maurizio, wenn er versucht, sie in sich verliebt zu machen. Und der Pfarrer, als

26

er mich in dem Kaninchenkostüm kommen sieht, sagt zu Pancotti Maurizio »hast du das auch aus deinem Zylinder gezaubert?« und alle lachen.

Und der Pfarrer ist auch ein Schwachkopf.

Und ich gehe in die Sakristei, um Insekten tot-zumachen. Ich kann ja auch Erde essen. Ich kann aber sogar Ameisen essen, und Fliegen und Spinnen.

Ich setze mich zu den ganzen Heiligen und Marias, die der Pfarrer in der Sakristei liegen hat, weil sie nicht alle in die Kirche passen. Ab und zu wechselt er dann die Spieler aus. Er stellt den Heili-gen Antonius rein mit dem Teufel, der ihn in Versu-chung führt, und nimmt den Heiligen Georg raus, der den Drachen tötet. Er stellt den Heiligen Fran-ziskus rein, der mit dem Wolf redet, und nimmt den Heiligen Rochus raus, der mit dem Hund redet. Er wechselt Heilige aus und schickt sie in die Sak-ristei in Urlaub.

Ich schau mir diese Puppen an und kann nicht glauben, dass sie Heilige sind. Sie kommen mir vor wie riesige Pfarrer, die sich zu Karneval als Heili-ge verkleidet haben mit einem Heiligenschein aus Draht. Einem unechten Heiligenschein wie der Draht, der in meinem Karnickelohr steckt. Und mitten in dieser ganzen Spitzenmannschaft von Kirchengrößen taucht plötzlich Marinella als Bal-lerina verkleidet auf. Marinella, die selbst wie eine Heilige aussieht, auch wenn sie kleiner ist als die Statuen. Marinella ist die Hosentaschen-Madonna.

Marinella kommt zu mir und sagt »ich halt das nicht mehr aus, diesen Pancotti Maurizio mit sei-nen Zaubertricks«, und ich sage zu ihr »Pancotti

Maurizio ist das schwachköpfigste Kind aller Zeiten!« und sie fängt an zu lachen. Also mache ich weiter und sage »komm, wir nehmen Pancotti Maurizio und schicken ihn mit einer Raumkapsel nach oben, wie diese Hündin Laika, die die Russen ins All geschickt haben. Pancotti Maurizio landet auf dem Planeten der Schwachköpfe, aber er ist so schwachköpfig, dass selbst die Schwachköpfe im All ihn schwachköpfig finden und ihn als Clown in den Weltraumzirkus tun. Und alle gehen in den Zirkus, um Pancotti Maurizio zu sehen, aber keiner will Eintritt zahlen, weil alle sagen, wir sind zwar schwachköpfig, aber nicht so schwachköpfig, dass wir Eintritt zahlen, um diesen Schwachkopf Pancotti Maurizio zu sehen. Und alle gehen rein ohne zu zahlen. Und am Ende der Vorstellung kommen sich die Schwachköpfe allesamt vor wie Professoren, denn im Vergleich zu dem Schwachkopf Pancotti Maurizio sind sie wahre Genies. Und dann verleihen die Bewohner des Schwachkopfplaneten sich gegenseitig den Nobelpreis. Der Bürgermeister verleiht dem Elektriker den Elektrik-Nobelpreis. Und dann verleiht der Elektriker dem Schreiner den Schreiner-Nobelpreis, und dann verleiht der Schreiner dem Fischhändler den Fischhändler-Nobelpreis, und dann …«, und dann Schluss. Ich sage nichts mehr, denn Marinella lacht wie diese Tiere, denen im Gehirn ein Knochen wächst und die verrückt werden. Und ich denke, wenn sie noch fünf Sekunden weiterlacht, explodiert ihr Kopf.

Ich denke, dass ich bisher den lustigen Jungen gespielt habe, aber Mädchen mögen keine lustigen

Jungs, auch wenn sie sie zum Lachen bringen. Mädchen mögen Helden.

Deshalb beschließe ich, etwas Heldenhaftes zu tun. Ich nehme eine Spinne und esse sie bei lebendigem Leib, und dabei schaue ich ihr in die Augen.

Und sie verliebt sich augenblicklich in mich.

Jetzt kann ich anstellen mit ihr, was ich will. Ich kann sogar wie ein Drache rülpsen und ihr übers Gesicht lecken, denn sie ist wie hypnotisiert von mir. Aber sie ist schneller und bevor ich einen Mucks tun kann, steckt sie ihre perfekte Hand in ein Loch, wo ein staubverdrecktes Spinnennetz hängt. Auch sie will ein Held sein wie ich, sie will mithalten. Sie zieht die Hand aus dem Schmodderloch und steckt sie in den Mund und sagt »ich hab auch eine Spinne gegessen!«

Aber das ist gar nicht wahr.

Sie sagt, sie hat sie gegessen, aber ich weiß, dass das gelogen ist. Und ich sage wütend zu ihr »das ist gelogen. Du hast nur so getan, als ob du sie in den Mund steckst, dabei hast du sie gar nicht gegessen. Das ist gelogen. Wenn du sie in echt gegessen hast, dann sag mir, wonach sie geschmeckt hat. Ich esse Spinnen, ich esse in echt Spinnen und ich weiß, wie sie schmecken. Aber du weißt es nicht, weil du sie nicht gegessen hast. Und du wirst es nie wissen, weil du nicht den Mut dazu hast. Du hast nur so getan. Lügnerin!«, und sie schaut mich reglos an, weil ich ihren gemeinen Betrug aufgedeckt habe. Also stehe ich schnell auf und gehe eine Spinne suchen, ich reiße sie aus einem Spinnennetz und sage zu ihr »iss sie! Zeig mir, wie du sie isst.«

Marinella packt die zappelnde Spinne an einem Bein, ohne sie anzusehen, denn sie sieht mich an. Sie sieht mir in die Augen, so unverfroren, als sei ich die Spinne, die sie an einem Beinchen festhält. Und ich sage, nie wieder in der Menschheitsgeschichte wird eine so perfekte und reine Hand das Bein einer so dreckigen und haarigen Spinne halten. Marinella öffnet den Mund und nimmt die Spinne zwischen die Zähne. Sie hält sie mit den Zähnen fest, ohne die Lippen zu schließen, um mir live das Sterben der zermalmten Spinne zu zeigen. Und wenn ich daran zurückdenke, kommt es mir vor als hörte ich noch einmal, wie die Schale der Spinne zwischen Marinellas Zähnen knackt.

Sie schluckt dieses zermanschte Spinnengehäuse runter und ich bin glücklich, denn jetzt ist Marinella auch ein Held.

Ich und sie, wir sind jetzt wie Batman und Catwoman, wir sind zwei unzerstörbare Atomroboter. Zwei Bionic-Kids.

Dann merke ich, dass sie ihren Blick nicht von mir abgewandt hat, seit ich ihren Betrug enttarnt habe. Sie starrt mich mit aufgerissenen Augen an, aber sie ist nicht mehr vor Liebe hypnotisiert. Sie sieht mich eher so an wie meine Großmutter, wenn sie mich schlagen will … mich dann aber nicht schlägt, weil ich ihr leidtue. Sie sagt zu mir »wir hätten für immer zusammen sein können, aber du hast unsere Liebe kaputt gemacht. Ich hätte dich geliebt bis zum Tod. Ich hätte Kinder mit dir gehabt und sie in aller Armut aufgezogen. Ich wäre an deiner Seite alt geworden und wir hätten alles geteilt, jeder eine halbe Pizza bianca, ein halbes Langnese-Cremino, ein halbes Glas Milchkaffee. Ich hätte dich daran erinnert, deine Medikamente zu nehmen und dich sogar vor aller Welt auf den Mund geküsst. Es stimmt, es war gelogen. Es stimmt, ich hatte die Spinne nicht gegessen, aber du, warum hast du mir nicht geglaubt? War es wirklich so wichtig, dass ich dieses haarige Vieh esse? Du hättest mir glauben müssen, auch wenn es nicht stimmt, du hättest an mich glauben müssen. Weil ich es bin. Und ich hätte dich für immer erwählt. Aber jetzt weiß ich nicht mehr, ob ich dich erwähle ...

Pancotti Maurizio hätte es geglaubt. Er hätte es geglaubt, weil er ein Schwachkopf ist.

Schwachköpfe glauben alles.«

Fünf

Am Abend ist meine Großmutter mich abholen gekommen.

Ich hatte alle Spinnen der Sakristei aufgegessen.

Ich hatte sie besser desinfiziert als DDT.

Meine Großmutter sagte immer, man soll keine Spinnen töten, denn *Spinnen bringen Glück*.

Sie hat mich in die Anstalt gebracht, da war ich noch in meinem Kaninchenkostüm.

Sie trug die Schuhe und die festen Strümpfe aus der Apotheke.

Wir sind meine Mutter besuchen gegangen. Dabei wusste ich nicht mal, dass meine Mutter da drinnen war.

Sie war an Armen und Händen ans Bett gefesselt. Meine Großmutter nahm ein Ei aus der Kittelschürze, bohrte mit dem langen Nagel von ihrem kleinen Finger ein Loch hinein und hielt es ihr an den Mund, damit sie trank. Meine Großmutter sagte jedoch nicht den gewohnten Satz »das ist frisch, das Ei. Es stinkt noch nach Hühnerarsch.« Meine Mutter hätte es eh nicht verstanden.

Meine Großmutter sagt »hierher bringen sie arme Irre wie deine Mutter, weil diese Anstalt eine elektrische Irrenanstalt ist. Sie behandeln das Gehirn mit Elektrizität. Bei manchen Irren ist das Gehirn wie ein Zimmer, in dem immer die Lichter brennen. Auch nachts. Und die Irren können nachts nicht schlafen bei dem hellen Licht, da machen sie kein Auge zu.« Sie sagt »manche Irren reißen die ganze Zeit die Augen auf, um ihr Gehirn anzuschauen. Und deswegen macht die elektrische Irrenanstalt ihnen die Lichter aus, damit sie einschlafen.«

Meine Großmutter sagt »es gibt aber auch noch andere arme Irre, bei denen sind sie immer aus. Wie bei deiner Mutter. Ihr Gehirn ist wie ein Zimmer, in dem es immer dunkel ist. Deswegen macht ihnen die elektrische Irrenanstalt eine Lampe im Gehirn an, denn die Dunkelheit macht ihnen Angst.

Und man kann sterben aus Angst vor der Dunkelheit.«

Ich sehe diese Mutter an, von der ich gar nicht wusste, dass ich sie habe, und ich finde, sie sieht alt aus. Älter noch als meine Großmutter. Eine arme Alte mit traurigem Gesicht. Meine Großmutter sagt »diese Traurigkeit ist eine Krankheit. Auch bei deiner Mutter haben sie versucht, sie mit elektrischem Strom zu behandeln. Die Elektrizität ist eine Art Schlag, wie wenn man auf ein Radio haut, das nicht richtig funktioniert. Sie ist wie ein Schlag auf den Plattenspieler, wenn die Platte hängenbleibt.«

Meine Mutter ist hängengeblieben.

Aber wenn meine Mutter dann mal nicht traurig ist, scheint sie wütend zu werden. Sie tritt um sich, schreit und macht alles kaputt. Einmal hat sie die Schwester ins Gesicht gebissen und ihr ein Stück Gesicht herausgerissen. Deshalb binden sie sie in der Anstalt auch fest und selbst die Elektrizität kann sie nicht heilen. Aber jetzt haben sie sie operiert und ihr ein paar Nerven vom Gehirn weggeschnitten. Die Schwester sagt, der Erfinder dieser Operation ist ein Doktor aus Portugal, der sogar den Nobelpreis dafür bekommen hat.

Nicht den Schein-Nobelpreis vom Schwachkopfplaneten, sondern den richtig echten von den internationalen Wissenschaftlern.

Die Schwester sagt, dass sie ihr eine Klinge in die Augenhöhle eingeführt und die Nerven zerschnitten haben. Ohne den Schädel zu durchbohren. Das ist eine moderne Operation, und der Doktor muss ein großer Wissenschaftler sein, um sie durchzuführen. Und der Doktor von unserer Anstalt ist wirklich ein Nobelpreis-Genie.

34

Meine Mutter tritt jetzt nicht mehr um sich, schreit nicht mehr und macht nichts mehr kaputt. Die Schwester sagt, dass sie sie in ein paar Tagen losbinden. Dass sie wie eine Pflanze ist. Dass sie jetzt auch auf den Boden kacken kann.

Meine Großmutter sagt »nun gib deiner Mutter schon einen Kuss.«

Und ich sage »nein, sonst beißt die mir noch ins Gesicht.«

Und meine Großmutter »nun gib ihr den Kuss. Gib ihn ihr jetzt, denn morgen ist deine Mutter schon tot.«

Und ich sage »ich gebe ihn ihr, wenn sie tot ist. Wenn sie tot ist, beißt sie mir kein Stück vom Gesicht ab.«

Und wirklich, als meine Mutter gestorben war, habe ich ihr einen Kuss auf die Stirn gegeben.

Ihr Kopf war so hart wie ein Ziegelstein. Es fühlte sich an, wie wenn man einen Stein küsst.

Am Tag der Beerdigung hat meine Großmutter die festen Strümpfe aus der Apotheke angezogen und ihre Schuhe und ist mit mir in die Anstalt gegangen. Der Arzt hat zu mir gesagt »die Irrenanstalt ist wie das Schlaraffenland. Hier leben Esel wie Pinocchio. Hier gibt es einfach alles. Wir haben hier sogar Schweine, um Schinken daraus zu machen. Magst du Schinken?

Nur ein Friedhof fehlt uns. Die armen Irren sind hier in der Anstalt und müssen niemals raus, weil ihnen nichts fehlt. Erst wenn sie tot sind, kommen sie raus, um sich begraben zu lassen.«

Da frage ich ihn »wie viele Jahre ist meine Mutter denn schon hier?«

Und er sagt zu mir »wie alt bist du?«

Und ich »neun Jahre.«

»So viele«, sagt er.

Am Tag der Beerdigung brachten sie den zugenagelten Sarg, in den konnte man nicht reinsehen. Der Arzt hat zu mir gesagt »deine Mutter kann man nicht mehr angucken, weil ihr ein Stück vom Kopf fehlt. Den toten Irren öffnen wir den Kopf, um das Gehirn zu untersuchen. Um den Grund zu finden, warum es ausgegangen ist. Wir nehmen das Gehirn, stecken es in eine Maschine und schneiden es in Scheiben wie ein Stück Schinken. Magst du Schinken?«

Nach der Beerdigung ist meine Großmutter mit mir im Bus ans Meer gefahren. Ihre Schuhe und die festen Strümpfe aus der Apotheke hat sie nicht ausgezogen. Nicht mal im Sand. Aber ich habe mich bis auf die Unterhose ausgezogen und bin ins Wasser gesprungen.

Ich esse Spinnen, Erde und Sand. Ich esse auch das Wasser vom Meer, aber an dem Tag habe ich zu meiner Großmutter gesagt »das Wasser ist ja eklig. Ekliger als das Meer sonst!« Aber meine Großmutter sagt »natürlich ... sonst bin ich mit dir auch immer zum Fluss gegangen. Das ist das erste Mal, dass wir am Meer sind.«

Am Strand haben wir eine Sandburg gebaut. Und dann hat meine Großmutter mich wieder angezogen, weil sie mit mir nach Hause ins Bett wollte. Aber ich habe zu ihr gesagt »wir können die Burg nicht allein lassen. Sonst macht sie heute Nacht jemand kaputt ...« Aber sie sagt »in der Nacht kommen die Wellen bis auf den Strand. Und sie nehmen sie mit ins tiefe Meer. Und die Burg wird ein Haus für die Fische. Denn tagsüber füllt sich das Meer mit Tageslicht und die Fische freuen sich. Aber in der Nacht wird es im Meer ganz dunkel und die Fische werden irre. Und deswegen brauchen die armen Irren ein Haus, in dem sie schlafen können.

Denn die Dunkelheit macht ihnen Angst. Und man kann sterben aus Angst vor der Dunkelheit.«

Pause

Ich bin dieses Jahr gestorben.

Bevor ich starb, habe ich Nicola kennengelernt.

Nicola ist einer, der lebt seit fünfunddreißig Jahren in der Anstalt. Alle in meiner Stadt landen irgendwann in der Irrenanstalt. Die einen arbeiten dort, die anderen werden eingeliefert. Meine Großmutter zum Beispiel brachte immer Eier dorthin, und meine Mutter ist dort gestorben, ans Bett gefesselt. Aber offiziell ist Nicola weder ein Pfleger noch ein Irrer. Er ist einer, den man vergeblich im Anstaltsregister sucht, der nirgendwo aufgeschrieben ist, weil ihn nie jemand beim Einwohneramt gemeldet hat. Als er eingeliefert wurde, wusste man nicht, dass der Vater sich geweigert hatte, den Eintrag vorzunehmen. Dann hat die Anstalt dieses Meldeproblem bemerkt, doch es waren schon viele Tage vergangen. Da war Nicola längst ein Hilfspatient geworden, ein Irrer, der den Pflegern bei der Arbeit hilft gegen eine Zigarette hin und wieder. Deswegen wollte ihn niemand mehr wegschicken, so wie sich auch niemand fand, der sich die Mühe machte, die Formulare für das Melderegister auszufüllen. Und jetzt ist Nicola eben so eine Art Illegaler.

Manchmal gehe ich nachts mit diesem Irren Nicola auf die Terrasse und wir rauchen eine Zigarette.

Eines Nachts hat er mir erzählt, wie er in die Anstalt gekommen ist.

Es ist die Geschichte eines Irren, da muss man nicht alles glauben.

Zweiter Teil

Nicola erinnert sich an sein vergangenes Leben

Eins

Ich bin Nicola und ich bin in den sechziger Jahren geboren.

In den fabelhaften Sechzigern.

Niemand wollte in den sechziger Jahren geboren werden, weil wenn du in diesen Jahren geboren wurdest, musstest du zwangsläufig genauso fabelhaft sein. Mein Vater wusste das, und deshalb hat er mich bei meiner Geburt nicht beim Standesamt angemeldet. Er sagte »wenn du in den sechziger Jahren geboren wirst, muss du diese ganzen dummen Lieder singen, *sapore di sale sapore di mare* und all das.« Mein Vater hasste die sechziger Jahre. Er sagte »in den Illustrierten steht jetzt, dass alle Italiener reich sind und sich Kühlschränke und Waschmaschinen kaufen. Aber in echt ist das gar nicht wahr. Wir sind ja auch immer noch Schäfer in den Abruzzen. Und weil wir dauernd diese Schafe zählen müssen, sind wir eingeschlafen und dann waren plötzlich die sechziger Jahre da und wir haben gar nichts mitbekommen.«

Immer, wenn mein Vater einen Sohn bekam, hatte er keine Lust, ihn beim Amt registrieren zu lassen. Er gab ihm einen Namen und dann vergingen Monate, bevor er ihn anmeldete. Er sagte immer »heute schneit es, da gehen wir besser nicht raus und erkälten uns.« Am Tag darauf schien die Sonne und er sagte »heute scheint so schön die Sonne, da machen wir einen Spaziergang … da werden wir doch nicht in einem Büro herumhocken!« Mein Vater mochte das Einwohneramt nun mal überhaupt nicht und er brauchte Monate, um all meine Brüder anzumelden.

Dann kamen die sechziger Jahre und ich wurde geboren. Und mein Vater hat gesagt »dich melde ich nicht an und wenn Jesus Christus persönlich mit dem Meldebuch kommt und mich beschwört, dich anzumelden. Ich melde dich nicht an, selbst wenn Jesus Christus kommt und mich anfleht.« So ist mein Name mit neun Jahren nirgendwo zu finden, und ich sage zu meinem Vater »du musst denen sagen, dass ich geboren bin, denn was sollen sie sonst auf meinen Grabstein schreiben, wenn ich tot bin?« Doch mein Vater antwortet »was interessiert dich das? Wenn du tot bist, liest du eh nicht mehr, was auf deinem Grab steht. Bist du nicht auch ohne diese Anmeldung geboren worden? Was brauchst du einen Namen auf Papier, weißt du etwa nicht, wie du heißt?«

Zwei

Doch, ich bin Nicola und ich bin in den sechziger Jahren geboren.

In den fabelhaften Sechzigern.

Abends in den sechziger Jahren ging mein Vater mit mir in die Berge. Er nahm die Milch und ließ mich bei den Schafen mit den Brüdern zurück. Und wenn wir allein waren, erzählten die Brüder von den fabelhaften Sechzigern. Sie sagten »es gibt jetzt Kinos, da zeigen sie Filme über Marsmenschen.«

Meine Brüder sagten »die Marsmenschen brauchen nur eine Pille zu schlucken, auf der steht *Huhn*, und dann ist es, als äßen sie ein komplettes Huhn.« Und ich versuchte mir vorzustellen, wie die Marsmenschen mitten in den Bergen landen in unseren

sechziger Jahren und wie diese Jahre dann fabelhaft und dazu noch ganz marsmännisch werden.

So verbrachten wir die Abende in den sechziger
Jahren.

Morgens in den sechziger Jahren ging mein Vater
mit mir auf den Markt, um Käse zu verkaufen.

An meinem Geburtstag fragte er mich »was
wünschst du dir?«, und ich sagte ihm »dass du
mit mir in einen Film über Marsmenschen gehst«.
Aber dann kaufte er mir eine kleine Metalldose
mit Bonbons. Er fragte mich »hat dir das Geschenk
gefallen?« und ich antwortete »ja, aber nächstes
Jahr sollst du mit mir in einen Film über Marsmenschen gehen.« Und er hat zu mir gesagt »Filme über
Marsmenschen sind so ein Schund der sechziger
Jahre. Das haben sich Marsmenschen ausgedacht,
um den Leuten im Kino das Geld aus der Tasche
zu ziehen.« Aber er hat mir versprochen »ich brin-
ge dir jetzt jedes Jahr zu deinem Geburtstag neue
Bonbons mit. Aber nur die Bonbons … die Dose
hast du ja schon. Da braucht man nicht noch mal
Geld für ein Stück Metall auszugeben.«

Und um das Bildchen auf der Dose zu schonen,
immer an meinem Geburtstag, wenn mein Vater
sie mir wieder mit Zuckerbonbons aufgefüllt hatte … immer dann leerte ich die Bonbons gleich in
meine Taschen und stellte die Dose in ein Loch in
einem Baum, in Brotpapier gewickelt, damit nichts
dran kommt. Und ich versuchte, mir die Bonbons
aufzusparen, damit sie fürs ganze Jahr reichten,
bis ich wieder Geburtstag hatte.

Ich zählte die Bonbons, es waren nie mehr als zwanzig. Und ich fragte »wie viele Tage hat das Jahr?«, und mein Vater sagte sehr viele. Und ich »mehr als zwanzig?«, und er antwortete »es sind fast zwanzig Mal zwanzig.« Und ich überlegte mir, wenn ich jeden Sonntag, wenn ich in die Kirche gehe, eins esse ... vielleicht würde ich es dann bis zum nächsten Geburtstag schaffen. Aber das Jahr war noch nicht vorbei, da waren die Bonbons schon ratzeputz alle. Dann schenkte mein Vater mir wieder Bonbons zum Geburtstag und ich dachte, ich esse nur ein Bonbon jeden zweiten Sonntag ... dann würden sie bis nächstes Jahr reichen, doch eines Abends in den Bergen haben meine Brüder sie dann alle auf einmal aufgegessen, um mich zu ärgern. Da habe ich kapiert, dass es am besten war, sie ganz schnell noch am Geburtstag selbst aufzuessen, ohne die ganze Rumrechnerei. Und diesen Geburtstag verbrachte ich damit, meine Zuckerbonbons aufzulutschen. Eins in jeder Stunde beim Schlag der Kirchturmuhr.

Und bei jedem Bonbon stellte ich mir vor, es sei eine Marsmenschenpille, auf der *Huhn* steht. Und ich stellte mir vor, dass ich zwanzig Marsmenschenhühner gegessen hatte, bis mir irgendwann in der Nacht die Pillen ausgegangen sind und ich mit Hühnerbauch und Zuckermund eingeschlafen bin.

Morgens in den sechziger Jahren ging mein Vater mit mir auf den Markt, um Käse zu verkaufen.

Er sagte zu mir »nun schau dir an, was für schöne Tiere das sind. Das Schaf, die Kuh und das

Pferd sind alle verschieden voneinander. Aber Gottes Schöpfung ist so gut, dass sogar ihre Kacke verschieden ist. Schaf, Kuh und Pferd haben wirklich jedes verschiedene Kacke. Du siehst auf der Straße die Kacke und weißt, welches Tier vorbeigegangen ist.«

Und ich hab die Kacke der Schafe angeschaut und gedacht, dass sie nicht nur verschieden war. Ich dachte, dass es eine spezielle Kacke war. So Zeug mit Stil und so. Diese runden Kügelchen, die wie Schokoladenbonbons aussahen, wie es sie nicht mal auf dem Markt gibt. Kostbare Bonbons. Das kriegt man einfach nicht in den Kopf, warum ein Schaf, das ja bekanntlich ein dummes Tier ist … warum so ein Schaf seine ganze Intelligenz zusammenkratzt, um so perfekte Kackekügelchen zustande zu bringen. Auch die Leute, die auf dem Markt die Zuckerkügelchen formen, geben sich Mühe, aber dann legen sie sie in einen Kübel und verkaufen sie als Bonbons. Das Schaf aber zermartert sich das Hirn, um die perfekte Kacke hinzukriegen, und dann lässt es sie einfach auf die Straße fallen. Dreht sich nicht einmal um, um die Kötel zu bewundern. Ich glaube, sein Gehirn ist einfach zu weit von seinem Arschloch entfernt, damit das eine etwas von der Existenz des anderen mitbekommt.

Und dann dachte ich, die Schafskötel wären Marsmenschenpillen, und auf jedem Kügelchen stünde *Schaf* geschrieben. Und wenn du einen Kötel isst, ist es, als hättest du ein ganzes Schaf gegessen.

Morgens in den sechziger Jahren ging mein Vater mit mir auf den Markt, um Käse zu verkaufen.

Er zeigte mir die sechziger Jahre, wies auf die Leute und sagte »schau nur, wie albern sie aussehen mit diesen kurzen Röcken, wo man das ganze Bein sieht, mit ihren Geschichten von außerirdischen Marsmenschen, mit diesen Liedern, die nur vom *sapore* und Salz und Meer handeln anstatt von Gott.« Und ich fragte ihn »wer ist das, Gott?«, und er antwortete »Gott ist das *Wort*, er ist einer, der redet«, und ich sagte zu ihm »du redest doch auch, Papa.« Aber er sagte »nein, Gott ist richtig gut, er ist einer, der wirklich redet.«

Mein Vater sagte »am Anfang war es überall dunkel. Im Dunkeln waren Gott und sein Sohn, der heißt Jesus Christus, der war auch eine Art Gott. Aber im Dunkeln hat Jesus Christus Angst. Denn die Dunkelheit macht einem Angst. Und man kann sterben aus Angst vor der Dunkelheit.

Also sagte Gott *Licht* und das Licht geht an. Aber es ist kein echtes Licht, es ist nur Schein-Licht. Es ist nur Gottes *Wort*, damit vertreibt er die Angst bei seinem Sohn. Und der Sohn hat jetzt tatsächlich wieder neuen Mut.

Also sagt Gott auch *Meer* und *Himmel* und es erscheint der Himmel mit all den Vögeln und das Meer mit den Fischen. Und Jesus Christus badet im Meer und jagt den Vögeln des Himmels nach. Inzwischen sagt Gott *Schaf*, *Kuh* und *Pferd* und alle anderen Wörter, die jedes ein anderes Teil der immensen Schöpfung sind. Und die Schafe, Kühe und Pferde, ihre Kacke und alles andere der Schöpfung

50

tauchen vor den Augen von Jesus Christus auf. Und vor seinen Augen sieht alles echt aus.

Aber in echt ist das gar nicht wahr.

Es ist nur das *Wort* Gottes, die Wörter tun nur so, aber die Angst geht trotzdem weg.

Dann sagt Gott *Mann* und *Frau* und stellt auch noch den Mann und die Frau in die Schöpfung. Und Jesus Christus begeistert sich für diese zwei armen Menschenkinder, die ihm so ähnlich sehen. Er schaut sich ihr Leben an, wie es so schnell in der ganzen Schöpfung vorbeigeht. Am Ende sieht er sie sterben. Sie tun ihm leid und er sagt zu seinem Vater »das ist zu grausam, dass auch das Leben dieser armen Wichte ein Leben ist, das in echt gar nicht wahr ist. Es ist traurig, dass auch diese armen Hunde am Ende nur Wörter sind.« Also nimmt Gott diese Schein-Toten und fängt an, sie zu erschaffen. Jetzt wo sie tot sind, sind sie in echt wahr, sind sie in echt tot. Aber nur sie sind in echt wahr. Und Gott stellt sich einen Stuhl zu ihnen und erzählt auch ihnen die Geschichte. Und manchmal erzählen auch die Toten, warum sie jetzt, wo sie in echt wahr sind, auch mit echten Wörtern reden können.«

Das sagte mein Vater und ich dachte, dass auch die Marsmenschen *Huhn* auf eine Weltraumpille schreiben, aber vielleicht war das nur ein Schein-Huhn. Dass nur Gott die echten Hühner erschaffen könne.

Mein Vater sagte »alle Leute glauben, sie sind wahr. Sie glauben, *sapore di mare* und *sapore di sale* sind wahr. Die ganzen sechziger Jahre inklusive der Marsmenschen sind wahr.

Und auch du glaubst, du bist wahr, dabei bist du nur ein kleiner Junge in der Erzählung Gottes.«

Drei

Ich bin Nicola und ich bin in den sechziger Jahren
geboren.

In den fabelhaften Sechzigern.

In den sechziger Jahren ging mein Vater mit mir
in die Berge. Er nahm die Milch und ließ mich bei
den Schafen mit den Brüdern zurück. Und wenn
wir allein waren, erzählten die Brüder von den fabelhaften Sechzigern. Sie sagten »es gibt jetzt Kinos, da zeigen sie Filme über Marsmenschen und
Hühnerpillen.«

Aber sie sagten auch »es gibt jetzt Frauen, die
lecken nackte Männer. Du bezahlst sie, und dann
lecken sie sich die Zunge wund an dir.« Und manchmal haben sie eine von ihnen mitgebracht in die
Berge, wenn mein Vater nicht da war, und auch

ich sagte »ich will mich ausziehen und mich von der Frau da lecken lassen.« Aber sie antworteten »du hast kein Geld, um sie zu bezahlen. Und selbst wenn du welches hättest … dich gibt's ja gar nicht. Du stehst ja nicht mal im Melderegister.« Und ich sagte »Papa sagt, euch gibt's auch nicht. Ihr und die Frauen, die nackte Männer lecken, ihr glaubt, es gibt euch wirklich, aber in echt ist das gar nicht wahr.«

Aber sie ließen mich trotzdem nicht. Sie schlossen sich in der Hütte ein mit diesen Frauen aus den sechziger Jahren und ließen mich draußen bei den Schafen zurück.

Weil in den fabelhaften Sechzigern war es den Leuten egal, ob es sie gab. Sie waren nur daran interessiert, sich lecken zu lassen.

Dann ist da diese Nacht gewesen, da war eine von den Frauen da und ich war draußen vor der Hütte. Aber diese Frau ist vor Sonnenaufgang herausgekommen. Sie kommt aus der Hütte und ist ganz in eine Wolldecke gewickelt. Ich will sie fragen, ob sie mich jetzt leckt. Aber sie ist schneller und bevor ich den Mund aufmachen kann, fragt sie »wer bist du denn?« Ich sage »ich bin Nicola. Ich bin in den sechziger Jahren geboren, in den fabelhaften Sechzigern.« Und sie »was machst du denn hier draußen?« Ich sage »ich bin mit den Brüdern in den Bergen und wir reden über Filme von Marsmenschen, die Hühnerpillen essen, aber auch über Frauen, die nackte Männer lecken.« Und ich frage sie »bist du gekommen, weil du mich auch lecken sollst?«

54

Aber sie sagt »ich kann dich nicht lecken, denn heute Nacht sind die fabelhaften Sechziger zu Ende gegangen. Heute ist Silvester und es beginnen die siebziger Jahre und keiner kann wissen, ob die auch fabelhaft werden. Manche Leute sagen, es werden Jahre mit Krieg und Tod, Italien wird im Meer versinken. Manche Leute glauben, dass vielleicht sogar die Welt untergeht. Und ich kann dir sagen, das wird nicht passieren, aber um ein Haar wäre die Welt wirklich untergegangen ... und schuld daran waren die sechziger Jahre. Schuld waren die Amerikaner, die eine Rakete auf den Mond geschossen haben. Und dort gibt es außerirdische Marsmenschen, alles brave Leute, aber die finden es nicht so toll, dass die eine Rakete schießen. Und deshalb sind die Marsmenschen auf der Erde gelandet und wollten herausfinden, ob sie diesen Menschenwesen trauen können.

Aber ich kann dir sagen, die Marsmenschen sind nicht wie wir, wir vertrauen den Leuten schon danach, wie sie laufen oder sich anziehen. Wir sind schon Freunde, wenn wir mit jemandem geredet haben, wenn wir so denken wie der. Nein, die Marsmenschen wollen wissen, wie wir schmecken. Denn sie können nichts mehr sehen, nichts hören und auch nichts riechen. Sie benutzen nur ihre Zunge. Deshalb haben sie auf dem Mars eine Versammlung abgehalten. Einige Marsmenschen meinten ›lass uns auf die Erde zu den Menschen gehen und ein paar von ihnen probieren. Vielleicht so um die tausend ... damit wir kapieren, ob es anständige Leute sind.‹ Jemand anderes meinte ›zwei pro Familie, das ist ein guter Schnitt. Vielleicht nur die Kinder, die sind reiner und ehrlicher und man versteht gleich, wie sie denken.‹ Und wieder ein anderer ›nein, wir probieren die Alten, die wissen mehr als alle und von ihnen erfahren wir, ob die Menschen uns gut oder böse gesinnt sind.‹ Ein anderer fand ›es wäre viel besser, die Bevölkerung einer ganzen Nation aufzuessen. Allesamt. Frauen und Männer, Alte, Mittlere und Junge. Das ist besser als nur ein bisschen herumzupicken. Essen wir alle, die in einem Land wohnen. Dann mischen sich die Geschmäcker nicht.‹ Einer schrieb sogar eine Abhandlung. Er meinte, um das Menschenfleisch richtig zu schmecken, dürfe man nicht schwarz und weiß miteinander vermengen. Blieb nur noch zu klären, an welchen Ort der Welt man fahren und essen sollte. Wie wenn du abends essen gehst und das Lokal aussuchen musst. Und dann gibt es Streit zwischen dem, der Lust auf Fisch hat, und dem, der lieber Pizza mag. Aber ich kann dir sagen, für einen Marsmenschen macht es keinen Unterschied, ob er Russland oder Amerika aufisst. Außer dass Amerika voll mit *Coca-Cola* und *Pepsi-Cola* ist und der Marsmensch, wenn er Amerika verdaut, einen gigantischen Rülpser ausstößt, dass selbst die Känguruhs in Australien scheu werden und der Amazonaswald sich flachlegt. Ein Rülpser, der die Kontinente zusammenzucken lässt.

Dann aber sagte ihnen jemand, dass Leute zu essen nicht die beste Methode ist, um herauszufinden, ob sie Freunde oder Feinde sind. Denn wenn du auf einem Planeten landest und jemanden umbringst, kann es sein, dass du dir alle auf einen Schlag zu Feinden machst. Jemand hat ihnen gesagt, dass es besser ist, sie nur ein bisschen anzulecken, um zu wissen, wie sie schmecken. Dass es besser ist, an den Menschenwesen zu lecken, anstatt sie ganz aufzuessen.

Und so sind sie in uns hineingeschlüpft, in uns Frauen, die nackte Männer lecken. Wir haben immer schon die Menschen geleckt und keiner schöpft Verdacht, dass wir beim Lecken ... dass unsere Zunge eine Marsmenschenzunge ist. Ich probiere die Irdischen. Nackte Männer zu lecken ist für mich zur Weltraummission geworden. Ich bewege die Zunge über deine Brüder, wie die amerikanischen Astronauten ganz langsam über die Mondoberfläche gehen. Ich schmecke sie. Der Geschmack, der auf meiner Zunge zurückbleibt, wird eine Weltraumnachricht. Die stinkige Haut deiner Brüder verwandelt sich in eine Photonenzahl mit vielen Ziffern. Der Schafgestank wird interplanetarische Mathematik.«

Und ich sage deshalb »vielleicht ist es besser, dass du mich auch leckst, damit du weißt, ob ich gefährlich bin.«

Aber sie antwortet »jetzt ist das Experiment vorbei. Aus dem Weltraum höre ich, dass ihr Irdischen ungefährlich seid. Jetzt sind die sechziger Jahre vorbei und vielleicht kehren sogar die Marsmenschen nach Hause zurück. Und ich will auch zurück auf den Mars. Auf den roten Planeten, wo es normal ist, dass man sich gegenseitig leckt. Wo man einer Frau, die nackte Männer leckt, nicht sagt, sie sei eine Hure.«

Und ich frage sie »dann bist du also auch ein Marsmensch?«

Und sie lässt die Decke sinken und ich sehe ihren nackten Körper mit nicht mal einem einzigen Haar. Dabei haben die anderen Frauen, die meine Brüder in der Hütte lecken, viele Haare, viel mehr. Das habe ich durchs Fenster gesehen. Manche haben so viele Haare, dass sie sogar im Gesicht welche haben. Aber die hier hat einen Weltraumkörper, der aussieht wie aus Plastik, wie diese Puppen, die man manchmal auf dem Jahrmarkt sieht. Aufblasbare Puppen. Wie Luftballons mit so gespannter Haut, wo man immer aufpassen muss, dass sie nicht platzen.

Sie sagt zu mir »hast du jemals auf diesem Planeten so einen Körper gesehen? Das ist ein Himmelskörper.«

Also stehe ich auf und renne zu dem hohlen Baum, wo ich meine Bonbondose versteckt habe. Ich wickle sie aus dem Brotpapier. Auf der Straße sammle ich im Halbdunkel die Schafskötel. Ich lege sie in die Dose und biete sie dieser Marsmenschin an. Und sie sieht in dem Halbdunkel nur die Hälfte … und sie fragt mich »sind das Bonbons?« Ich sage ihr »ja, die schenkt mein Vater mir immer zum Geburtstag.« Und sie isst einen. Sie macht ein verwirrtes Gesicht, sieht aber nicht sehr angeekelt aus. Und ich kapiere, dass Schafskacke gar nicht so eklig ist, wie man denkt. Und dann muss ich lachen bei dem Gedanken, dass die Marsmenschen die Menschenwesen probieren wollten, um die Freunde von den Feinden zu unterscheiden. Ich muss lachen, weil diese Marsmenschin noch nicht einmal Zucker von Kacke unterscheiden kann.

Ich muss lachen, weil ich einem Marsmenschen Kacke zu essen gegeben habe.

Aber dann rufen meine Brüder, die immer noch in der Hütte sind, nach der Frau und sagen »du musst wieder reinkommen zu uns. Vergiss diesen Schwachkopf da.«

Und sie antwortet »die sechziger Jahre sind vorbei. Ich sage Ciao, ich fliege zurück zum Mars.«

Aber die Brüder werden sauer »du musst wieder reinkommen, komm wieder zu uns.«

Und sie lächelt mir zu, während sie zu ihnen sagt »ich komme nur zurück, damit ihr mich bezahlt. Gebt mir mein Geld, davon muss ich mir eine Fahrkarte zum Mars kaufen.« Und die aber »wir geben dir kein Geld, wenn du deine Arbeit nicht zu Ende bringst. Und die Kleider auch nicht.« Und sie schreien laut da drinnen im Haus. Und es kommt mir vor, dass das Haus selbst schreit. Aber sie hat ihren Spaß. Sie lacht und sagt zu ihnen »ist mir doch egal, ob ihr mir die Kleider gebt, auf dem Mars ist es eh Tausende von Grad warm. Und wegen dem Geld ist es mir auch egal. Ich bitte einfach euren Vater darum. Ganz ohne Kleider gehe ich zu ihm und erzähle ihm, wie ihr die letzte Nacht der sechziger Jahre verbracht habt«, und ganz nackig in die Decke gewickelt geht sie über die Straße.

Die Brüder kommen rausgerannt, und nun schreien sie nicht mehr. Ich finde, sie knurren jetzt eher. Sie heben Steine irgendwo von der Erde auf und fangen an, sie nach ihr zu werfen. Sie rufen »das werden wir ja sehen, ob du es bis zu unserem Vater schaffst …«, und sie sagt »hört mit den Steinen auf, hört auf damit.« Aber die Brüder werfen in die Dunkelheit hinein, weil man weiß gar nicht so richtig, wo sie jetzt ist. Und sie sind wild und wütend wie die Hunde, die etwas anknurren hinter einer Mauer oder einen Lärm in der Ferne. Und meine Brüder haben vor sich die Mauer aus Dunkelheit, die die ganze Nacht ausfüllt. Sie hören den fernen Lärm, das ist diese Frau, die jetzt Laute von sich gibt wie eine Art Jaulen, als ob die ganze Nacht es ist, die da klagt.

Die Brüder knurren immer weiter und werfen ihre Steine, bis die Klage für immer verstummt.

Als ob sie mit Steinwürfen die Nacht umgebracht haben.

Vier

Ich bin abgehauen.

Am Abend vom nächsten Tag hat mein Vater mich im Wald gefunden.

Ich hatte die ganze Schafskacke aufgegessen, die in der Bonbondose war. Ich dachte, dass wenn das Marsmenschenpillen waren ... dann hatte ich eine ganze Schafherde gegessen.

Mein Vater sagt, *Kacke bringt Glück.*

Er ist mit mir zur Hütte gegangen. Dort war ein Carabiniere in Uniform, der wollte mit mir reden. Mein Vater hat zu mir gesagt »pass bloß auf, was du sagst. Dass du deine Brüder nicht in Schwierigkeiten bringst.« Und die Brüder sahen den Carabiniere in Uniform nur an und machten ihm Zeichen, so was wie *der Kleine da ist komisch, ein Schwachkopf.*

Als wir dann allein waren, hat der Carabiniere in Uniform mich gefragt, wie ich heiße und wie alt ich bin.

Ich habe ihm gesagt »ich bin Nicola und ich bin in den sechziger Jahren geboren. In den fabelhaften Sechzigern.«

Dann hat er mich gefragt »was geschieht abends in der Hütte?«

Ich habe ihm gesagt »die Brüder erzählen von den fabelhaften Sechzigern.

Sie sagen, dass es jetzt Filme gibt über Marsmenschen, die Hühnerpillen essen. Und sie sagen, jetzt gibt es sogar so Frauen, die nackte Männer lecken. Du bezahlst sie und sie lecken sich die Zunge wund an dir. Und manchmal bringen sie eine davon mit in die Berge, wenn mein Vater nicht da ist, aber mich lecken sie nie.«

Er hat mich gefragt »hast du heute Nacht etwas Komisches gesehen?«

Ich habe ihm gesagt »heute Nacht habe ich Marsmenschen gesehen.«

Und dann habe ich ihn gefragt »stimmt es, dass die fabelhaften Sechziger vorbei sind?«

Und der Carabiniere in Uniform hat angefangen zu lachen und hat mir den Anfang von einem Lied vorgesungen, wo Meer und Salz vorkommen und jemand, der auf seinem Körper danach schmeckt.

Und ich hab kapiert, dass auch der Carabiniere in Uniform nackte Männer leckt.

Fünf

Mein Vater ist mit mir in die Anstalt gegangen.

Auch in der Anstalt waren die fabelhaften Sechziger vorbei.

Die Schwester hat mich in ein Zimmer schlafen gelegt zusammen mit anderen Kindern, und in der Nacht habe ich ins Bett gemacht. Am nächsten Tag hat die Schwester gesagt »bist du nicht ein klein bisschen zu groß, um ins Bett zu machen?« und ich schämte mich, dass ich ins Bett gemacht hatte, aber in der Nacht darauf habe ich es wieder gemacht. Und die Schwester hat gesagt »wann hören wir denn endlich auf, uns wie ein Baby zu benehmen und ins Bett zu machen? Oder soll ich etwa einen Knoten in den kleinen Pimmelmann hier machen?«

Am dritten Tag, als ich ins Bett gemacht hatte, hat sie nichts mehr gesagt. An dem Tag hat sie mich zum Arzt gebracht. Sie hat mich ausgezogen und ich dachte »am Ende leckt mich jetzt die Schwester …«

Stattdessen haben sie mich auf die Liege gelegt, während die Pfleger mir Beine und Arme festhielten. Der Arzt hat gesagt »du bist das Kind, das noch ins Bett macht? Wann hören wir denn endlich auf, uns wie ein Baby zu benehmen und ins Bett zu machen?«

Die Schwester hat mir die Schläfen angefeuchtet mit Watte und Wasser und Salz. Dann hat sie die Elektroden angelegt.

Der Arzt hat gesagt »fertig?«

Und die Schwester hat gesagt »fertig …«

Als ich aufgewacht bin, lag ich im Bett und die Schwester saß bei mir. Sie betete den Rosenkranz.

Als sie dann mit Beten fertig war, ist sie zu mir gekommen.

Sie hat gesagt, dass die Anstalt eine elektrische Irrenanstalt ist.

Die Elektrizität kuriert das Gehirn von kranken Kindern.

Sie sagt »die Krankheit aller Kinder ist die Angst. Kinder haben Angst vor allem. Angst vor Mäusen, vor Spinnen und vor Schlangen. Angst vor dem Wolf, Angst vor Monstern, die in der Nacht kommen, die sich in jeder dunklen Ecke verbergen.

Die elektrische Irrenanstalt macht ihnen in der Dunkelheit ein Licht an. Bei Licht fliehen die Mäuse und Schlangen, Monster und Wölfe. Und sogar die Spinnen werden zu dummen Tieren, die man an der Wand zerquetscht.

Mit dem Licht von der elektrischen Irrenanstalt verschwindet die Angst aus dem Gehirn der kranken Kinder.

Denn in Wahrheit ist es die Dunkelheit, die den Kindern Angst macht.

Und man kann sterben aus Angst vor der Dunkelheit.«

Dritter Teil

Ich bin dieses Jahr gestorben

Eins

Ich bin dieses Jahr gestorben.
   Dieses Jahr hat der Supermarkt aufgemacht.

   Alle gehen in den Supermarkt.
   Alle außer der Schwester.

Die Schwester hasst den Supermarkt, wie sie den
Metzger und den Gemüsemann, den Wurstverkäu-
fer und den Bäcker hasste. Aber auch die Schwester
hat kapiert, dass die Produkte im Supermarkt gut
sind, mit einem optimalen Preis-Leistungs-Verhält-
nis. Daher gehen ich, Nicola und die Schwester jeden Tag in den Supermarkt einkaufen.
   Um die Anstalt zu verlassen, gibt es zwei Türen.
Die Schwester öffnet die erste und wir stehen alle
drei in einer Art Loch. Die Schwester schließt die

erste Tür, öffnet die zweite und wir gehen hinaus. Weil sie sagt »die Anstalt muss immer zu sein, sonst hauen die armen Irren ab, aber irgendwie müssen wir ja hinein und hinaus kommen. Deshalb haben wir uns das mit den zwei Türen ausgedacht, dann bleibt eine immer zu und die Anstalt ist verriegelt wie ein Tresor.«

Auch im Supermarkt gibt es zwei Türen, aber die sind aus durchsichtigem Glas und gehen von alleine auf.

Wenn wir bei den Glastüren anlangen, gleiten sie mit einem elektronischen Geräusch durch ihre Stahlschlitze.

Das ist die fotoelektrische Zelle, die bemerkt den Kunden und macht ihm die Tür auf. In den sechziger Jahren, so fabelhaft sie auch waren … konnten wir von solchen Türen nur träumen wie von Filmen über Marsmenschen, die Hühnerpillen essen! Ich, Nicola und die Schwester betreten den Supermarkt, aber alle gucken uns komisch an. Weil die Schwester wie eine Schwester angezogen ist und Nicola wie ein Irrer, und das ist mir peinlich, den Supermarkt mit einem Irren und einer Schwester zu betreten. Ich will ein normaler Kunde sein und nicht der Direktor vom Wanderzirkus.

Und außerdem furzt die Schwester.
Sie geht durch die Gänge und furzt.

Die Schwester ist nämlich taub. Sie hört ihre Fürze nicht und glaubt, die anderen können sie auch nicht hören. Dabei hören sie alle, wir sind ja nicht taub wie die Schwester. Nur dass in der Anstalt die Leute auf den Boden kacken und keiner sich aufregt, wenn die Schwester furzt, aber im Supermarkt merken es alle und gucken komisch. Ein Glück nur, dass sie den Mund halten und so tun, als wäre nichts. Sie machen alle die abwesende Miene von typischen Kunden, die sich ganz auf die Qualität der Produkte konzentrieren.

Nur Nicola gibt acht.
Nicola zählt mit.

Die Schwester furzt und Nicola sagt »eins«. Die Schwester läuft, furzt, und Nicola »zwei«. Die Schwester setzt sich und furzt. Nicola »drei«. Manche Zahlen sagt er laut, er ruft »elf!« und die Schwester hört ihn. Sie sagt zu ihm »was soll das mit den Zahlen, Nicola?« und furzt dabei wieder. Und Nicola »zwölf«. Die Schwester sagt »es ist wirklich was dran, wenn es heißt, dass die Irren einen Zählfimmel haben«, und furzt. Und Nicola »dreizehn«. Wie eine Dampflok durchquert sie den Flur. »Vierzehn, fünfzehn, sechzehn …« Im Supermarkt bittet die Schwester die Kassiererinnen, ihr einen Stuhl zu geben. Sie zieht das Taschentuch aus dem Ärmel ihrer Ordenstracht und legt es auf die Sitzfläche. Die Schwester kommt nämlich nur in den Supermarkt, um an der Kasse zu bezahlen, denn sie traut sich nicht, mir und Nicola das Geld in die Hand zu geben.

Sie setzt sich in die Nähe der Kasse und betet.

Die Schwester ist eine halbe Portion, die kaum die kleine Ordenstracht ausfüllt, die sie trägt. Sie wirkt wie Rotkäppchen als alte Frau. Sie lässt den Rosenkranz durch ihre Finger gleiten, die sehen aus wie Hühnerknochen. Man meint, ihre Hand wär ganz aufgescheuert, weil sie sich immer an den rissigen Perlen der Kette reibt. Fast möchte man sagen »Schwester, Sie beten den Rosenkranz, das ist Ihr Beruf, aber heute zähl ich Ihnen diese Kügelchen. Heute schubber ich mir mal ein bisschen die Hände auf, nicht Sie.« Du tätest ihr über den Kopf streicheln, der ist wie ein Stück Knochen, den man in eine Haube geschlagen hat. Du tätest sie streicheln wie so einen Haushund, der sich an deinen Füßen zusammenrollt und deinen Schlaf bewacht.

Aber niemand darf die Schwester berühren. Wenn du sie berührst, schreit sie und sofort kommt jemand, um sie zu verteidigen. Dieses Stück Knochen ist in der Anstalt eine Reliquie, die von den Pflegern verteidigt wird, die immer in ihrer Nähe sind. Auch im Supermarkt gibt es einen Wachmann, der nur darauf wartet loszurennen, wenn die Schwester schreit.

Er beschützt sie wie Stacheldraht.

Zwei

Ich bin dieses Jahr gestorben.

Dieses Jahr habe ich gelernt einzukaufen.

Um Qualität einzukaufen, darf man nur Marken-
produkte nehmen. Nicht Billigmarken, Lockange-
bote, Runtergesetztes. Nicola und ich schieben den
Wagen durch die Gänge vom Supermarkt, und ich
nehme Qualitätsprodukte, etwa den Alles-Müller-
oder-was-Schlemmer-Joghurt, der hat eine Ecke
und ist cremig. Oder Barilla-Nudeln, die niemals
verkochen … klar, wenn du sie zwei Stunden im
Wasser lässt, werden sie weich, sind ja kein Asbest,
aber mit der richtigen Kochzeit sind sie ein beson-
deres Qualitätsprodukt. Und dann fällt mir ein,
dass ich kein stilles Wasser mag, so aus dem Wasserhahn. Aber bei Sprudel mit zu viel Kohlensäu-

re muss ich immer rülpsen. Ich trinke kein stilles Wasser und keinen Sprudel … ich trinke Ferrarelle!

Bei Nicola hingegen sieht man gleich, dass er irre ist. Er sucht nach Zeitschriften, wo Frauen nackte Männer lecken. Ich sage zu ihm »im Supermarkt gibt es solche Zeitschriften nicht.« Aber er zieht mich zum Zeitschriftenregal und sagt zu mir »hier, siehst du die vielen Frauen auf den Zeitschriften? Siehst du, dass die halbnackt sind?« Aber ich sage zu ihm »das sind doch *Panorama*, *Espresso*, *Cronaca Vera*. Da sind zwar Frauen mit Möpsen drauf, aber die lecken doch keine nackten Männer. Oder vielleicht lecken sie doch welche, aber in anderen Zeitschriften.«

Nicola sagt, dass es jetzt auch solche Zeitschriften gibt »in denen sind nur Bilder«. Er sagt »das sind so schmutzige Zeitschriften aus China. Weil in den Zeitschriften, wo die Frauen die Männer lecken, kapiert man gleich alles, ohne ein Wort zu lesen. Man muss nicht wissen, dass das eine Schütze-Telefonistin mit Buchhalterdiplom ist, die einen nackten Löwe-Brummifahrer mit Aszendent Waage leckt. Nein. Dafür braucht man keine Worte und die Chinesen haben das kapiert. Sie haben Zeitschriften gemacht mit nackten Frauen und ohne unnötige Worte. In diesen Zeitschriften redet keiner und alle verstehen sich, wie im Supermarkt.«

Nicola sagt, da steht nicht einmal der Titel drauf. Nicht einmal der Preis. Es gibt nur den Barcode, um an der Kasse im chinesischen Supermarkt zu bezahlen. Er sagt »wenn du ein Abo hast, müssen sie nicht einmal für die Barcodes Druckerfarbe verschwenden. Nur Frauen, die nackte Männer lecken.«

Er möchte gern ein Abonnement, dann kommen sie direkt zu ihm in die Anstalt. Aber ein Abonnement kriegt er nicht, weil der Vater ihn als kleiner Junge nicht beim Einwohneramt gemeldet hat. Und wenn du nirgendwo auf dem Papier stehst, existierst du nicht für die Chinesen. Also … keine Zeitschriften.

Er sagt »in diesen Zeitschriften sind die schönsten Frauen aller Zeiten. Die Chinesen haben die Schauspielerinnen aus dem Kino der fabelhaften Sechziger geklont. Sie haben ein Haar von Sofia Loren genommen und daraus ein Dutzend chinesischer Sofia Lorens für die schmutzigen Zeitschriften gemacht. Sie haben Brigitte Bardot geklont und sie mit chinesischen Brummifahrern gepaart. Sie haben Marilyn Monroe und Gina Lollobrigida geklont. Grace Kelly und sogar ein paar hässliche Schauspielerinnen wie Ave Ninchi oder Sora Lella. Das haben sie gemacht, um uns zu ärgern, um uns zu zeigen, dass sie jeden klonen können. Sie haben die Dickmadams geklont, weil die Chinesen können nicht nur Qualität, sondern auch Quantität.« Nicola sagt »die Chinesen lachen, wenn wir ihnen erzählen, dass in Europa ein Schaf geklont wurde. Das Schaf Dolly. In China haben sie unser gesamtes Kino der fabelhaften Sechziger geklont und wir klonen immer noch Schafe. In China können sie jetzt die Filme der sechziger Jahre nachdrehen mit den ganzen geklonten Schauspielern. Und wofür brauchen wir die ganzen Schafe? Für die Pause?«

Nicola sagt, dass die Chinesen uns auslachen, sie klonen Alberto Sordi und drehen mit ihm einen schmutzigen Film, wo er das Schaf Dolly leckt.

Dann gehen wir zur Kasse zum Bezahlen. Die Schwester traut sich nicht, uns das Geld in die Hand zu geben. Sie zahlt, aber wir müssen warten, bis sie mit dem Rosenkranz fertig ist.

Sie betet auf ihrem Stuhl in der Nähe der Kasse und im Gegenlicht der Schiebetür sieht sie noch kleiner aus.

Sie betet und furzt. Beides ganz leise.

Drei

Ich bin dieses Jahr gestorben.

Wenn du ein Kind bist, denkst du nicht an den Tod.

Und das liegt nicht daran, dass du dir vorstellst, ewig zu leben. Das liegt einfach daran, dass du nicht kapierst, dass der Tod etwas ist, das existiert. Aber kaum denkst du daran, wirst du sofort erwachsen. Und wenn du wirklich kapierst, was der Tod ist, heißt das, dass du schon alt wirst. Wenn du alt wirst … dann stirbst du. Und wenn du tot bist, wirst du gar nichts mehr und es hat dir nichts gebracht, dass du das Leben oder den Tod kapiert hast.

Wenn du tot bist, wirst du ein Arbeiter weniger in der Fabrik. Ein Fußgänger weniger, der die Straße überquert. Ein Wähler weniger, der zur Wahl geht. Ein Hausbewohner weniger, der das Treppenhaus verdreckt.

Ich bin dieses Jahr gestorben.
    Ich und Nicola, wir denken oft an den Tod.

Es ist uns egal, an welchem Tag es passieren wird. Wir denken daran, wie es passiert. Ich denke zum Beispiel an meine Großmutter. Die immer um acht Uhr abends schlafen ging und um fünf Uhr morgens aufstand. Und den Tag begann, indem sie ein frisches Ei trank. Eines Abends ging sie schlafen und wachte nicht mehr auf. Einfach so. Zum Sterben reichte es ihr, einmal nicht aufzuwachen.

Ich denke an die armen Irren in unserer Anstalt. Einer saß immer herum, sie nannten ihn den Professor, weil er aussah wie am Lehrerpult. Dann im Januar ist er aufgestanden und wir mussten lachen. Wir haben gesagt »wo will er denn hin? Warum steht er auf? Was ist los, große Pause?« Aber der fing an zu rennen, mit gesenktem Kopf, ist durchs Zimmer gerannt und gegen den Heizkörper geknallt. Keiner hat damit gerechnet. Keiner konnte ihn aufhalten.

Ich denke an einen, der sich aufgehängt hat. Eines Nachts hörten wir ein Ticktack und Nicola sagte »muss eine Art Uhr sein.« Und dabei war es dieser Eine, der wie ein Pendel herabhing und mit den Absätzen seiner Schuhe immer an die Wand schlug.

Ich denke an einen, der sich aus dem Fenster geworfen hat und ins Laub gefallen ist. Sie haben ihn nach einer Woche gefunden, als die Mäuse schon sein Gesicht aufgefressen hatten.

Ich denke an einen, bei dem habe ich Fieber gemessen, dann habe ich ein bisschen mit Nicola geredet und als ich wieder zu ihm bin und unter seine Achsel geschaut habe, da war das Thermometer weg. Er hat mir gesagt »ich habe es aufgegessen.« Da musste ich lachen. Dann haben wir einen Chirurgen gerufen, sie haben ihn aufgemacht, um die Glasscherben rauszuholen, aber das Quecksilber war schon in seinem Kreislauf und er ist an Vergiftung gestorben.

Dann denke ich an keinen mehr, weil in Wirklichkeit haben wir nicht so viele Selbstmorde hier bei uns in der Anstalt. Bei uns haben sie keine Lust zu leben … wie sollten sie dann Lust haben, sich einen Selbstmord auszudenken.

Ich denke auch, dass in der Anstalt niemand an Herzinfarkt stirbt, weil die Pillen und die Tropfen alle ruhigstellen.

Das ganze Leben habe ich überlegt, zu welcher Kategorie von Toten ich wohl gehören würde. Zu den Erhängten oder denen, die die Mäuse fressen. Zu den Toten, die in den Kriegen zerfetzt werden, während sie in den Supermarkt gehen, oder zu denen, die nicht aufwachen und Schluss.

Ich denke an Marilyn Monroe, die ein Röhrchen Barbiturate schluckt in den sechziger Jahren, den fabelhaften Sechzigern. Jetzt sind Barbiturate ja irgendwie so Zeug von gestern. Aber mit irgendwelchen Pillen ist es gar nicht mehr so einfach, sich umzubringen, und am Ende probierst du es und es klappt nicht und dann blamierst du dich noch.

Abends um sieben kommen wir aus dem Supermarkt zurück.

Die Irren haben gegessen und sich gewaschen. Sie sind ausgezogen und liegen alle im Bett. Ich und Nicola gehen mit der Therapie herum. Wir verteilen Tropfen und Pillen.

Manche wollen nicht und man muss ihnen die Nase zuhalten, damit sie den Mund aufmachen, und dann die Pille hineinwerfen. Andere verstecken sie unter der Zunge und wenn wir weg sind, spucken sie sie aus dem Fenster. Ich und Nicola merken es am nächsten Tag, weil eine Taube die Therapie gefressen hat und steif auf dem Hof liegt.

Um die armen Irren zu überzeugen, sagt Nicola »braucht man Psychologie«, er sagt ihnen, es wären Marsmenschenpillen. Er sagt »in den fabelhaften Sechzigern gab es Filme mit Marsmenschen, die nur eine Pille essen mussten, auf der stand *Huhn*, und es war, als hätten sie ein ganzes Huhn gegessen.«

Nicola schiebt den Wagen und fragt sie »was wollt ihr heute zum Abendessen? Brust oder Keule?«

Vier

Die armen Irren schlafen.

Ich und Nicola gehen raus auf die Terrasse.

Wir betrachten die Anstalt, wo selbst nachts nicht
alle Lichter ausgemacht werden können. Von wegen
Sicherheit, die Irren können nicht im Dunkeln bleiben. Denn die Dunkelheit macht ihnen Angst, und
man kann sterben aus Angst vor der Dunkelheit.

In jedem Flur oder jedem Schlafsaal bleibt eine
Neonlampe an. Von oben betrachtet sieht dieses
Haus mit seinen vielen Lichtlein aus wie eine Krip-
pe. Nur dass hier drinnen kein Jesuskind geboren
wird. Vor zweitausend Jahren ist es in einem Stall
als armer Junge auf die Welt gekommen. Ich glaub
ja nicht, dass es genug Mumm hätte, als Irrer auf
die Welt zu kommen.

Nicola rollt sich eine Zigarette und auch eine für mich. Er betrachtet gern dieses ganze Planetarium. Er lächelt. Er sagt, dass die Anstalt ein Wohnhaus ist. Er sagt »sie ist ein Wohnhaus für Heilige!«

Er sagt »siehst du sie? Alle festgebunden auf ihren Betten, sie sehen aus, als lägen sie bereit für das Foto vom Andachtsbildchen. Sie kriegen einen ganz zerknitterten Rücken vom Wundliegen und ihre Scheiße vertrocknet auf den Laken. Aber den Heiligen ist das ganz recht, weil sie haben ja die Berufung, sie sind wie kleine Kinder, die nur zufrieden sind, wenn sie rülpsen und kacken. Und vor lauter Verstocktheit sind sie schon ganz stumpf und nach jahrelanger Therapie sind sie ruhig. Jetzt ist ihnen alles recht, die Marsmenschenpille, die elektrische Behandlung und ihr Nudeln-mit-Spucke-Essen.

Nach vierzig Jahren Irrenhaus haben sie Frieden mit dem Hirn geschlossen. Das sind Heilige. Leute, die von ihrem Kopf nicht mehr verlangen, als dass er bitte auf ihren Schultern sitzt und sich einen Hut überstülpen lässt, wenn Verwandtenbesuch kommt.«

Ich sehe mir das Malariaparadies an. Diesen Sumpf, wo das einzige Stück Himmel seine Spiegelung im brackigen Wasser ist. Die elektrische Irrenanstalt brummt wie eine Schmeißfliege im Winter. Alles andere ist Mull und Medizin, Urinale und Blechschüsseln, Kippen, Unterhosen und Socken. Mittendurch geht die Schwester. Sie geht über den Flur, betritt ihre Zelle, furzt und legt sich schlafen.

»Einundfünfzig«, sagt Nicola, »und der letzte des Tages. Wenn sie sich hinlegt, zirkuliert die Luft nicht mehr. Wenn sie schläft, macht sie keine mehr. Besser so, sonst müsste ich auch noch nachts aufbleiben und mitzählen.«

Nicola sagt »die sind genau wie die Heiligen in der Kirche. Es ist ein Wohnhaus für Heilige.

Sie sind Heilige, diese armen, irren Esel unter ihren chinesischen Bettlaken, Leichentüchern aus Industriefertigung. Die Schwester ist eine Heilige, die neben ihrer Nachttischlampe aufleuchtet wie ein Votivbild. Und der Doktor ist der heiligste von allen, er ist der Oberheilige, er ist Jesus Christus.«

Und ich sage zu ihm »nein, nicht Jesus. Das ist ein Witz, Nicola …«

Aber der Doktor sieht nicht aus wie ein Witz. In seinem Zimmer im obersten Stock der Anstalt zieht er seinen Schlafanzug an und legt sich ins Bett. Auch er schläft mit brennender Lampe. Auch er braucht zum Einschlafen seine Therapie. Auch der Doktor kann nicht mehr einschlafen ohne die Marsmenschenpille.

Fünf

Ich bin in den sechziger Jahren geboren.

Auch Nicola ist in den sechziger Jahren geboren.

Und eines Abends, das war so gegen Ende März, fängt Nicola oben auf der Terrasse an, ausgerechnet von den sechziger Jahren zu reden. Er sagt mir »ich war ein Kind in den fabelhaften Sechzigern. Mein Vater ging mit mir zum Sommeranfang Eis essen. Ich bekam ein Langnese-Cremino. Sofort riss ich es auf und wusste gar nicht mehr, ob es mir schmeckt. Dann probierte ich es und es war lecker. Das Langnese-Cremino kann man abbeißen oder lecken und es schmeckt immer. Ich dachte, dass ich noch eines wollte, sobald ich das hier aufgegessen habe. Aber zwei Creminos bekam ich nicht von meinem Vater. Und selbst wenn, dachte ich, wollte ich danach eh noch eines. Und dann noch zehn, und noch fünfzig … Und ich dachte, dass ein Kind nur froh ist, wenn es hundert Langnese-Creminos bekommt. Ich betrachtete mein angebissenes Cremino und war beleidigt, dass ich nur eines hatte. Weil ein Cremino ist nichts im Vergleich zu hundert Creminos. Also packte mich nach einem Bissen die Wut und ich warf es in den Müll. Und mein Vater sagte »eine Schande diese sechziger Jahre. Im Krieg haben wir Kartoffelschalen gegessen und heute werfen die Kinder ihr Eis weg. Jetzt bekommst du den ganzen Sommer kein Eis mehr!« Und ich dachte, dass mein Vater mir den ganzen Sommer nur ein Cremino kauft … unvorstellbar, dass er mir hundert an einem Tag kaufen würde. Also zwang ich mich, nicht mehr daran zu denken, dass das Cremino existierte.

Inzwischen kam der Herbst und er schenkte mir eine Tüte geröstete Esskastanien. Ich nahm eine und wusste gar nicht mehr, ob sie mir schmecken. Dann probierte ich und sie waren lecker. Und ich verstand nicht, wie ich den Geschmack von etwas so Gutem hatte vergessen können. Also spürte ich, dass die Tüte mir nicht reichte. Ich wollte mehr. Ich hätte zwei Tüten essen können, und dann drei, und dann zehn. Und ich dachte, dass ein Kind nur froh ist, wenn es hundert Tüten Kastanien bekommt, aber ganz sicher würde mein Vater sie mir nicht kaufen. Ich schaute die Tüte an und war beleidigt, dass ich nur eine hatte. Nach der ersten

Kastanie warf ich alles in den Müll. Und mein Vater sagte »eine Schande diese sechziger Jahre. Im Krieg haben wir rohe Kastanien mitsamt der Schale und den Stacheln gegessen und dazu noch den Baum und den Bauern, der die Erde umgräbt … wenn wir Hunger hatten! Jetzt bekommst du bis Weihnachten keine mehr!«

Und ich dachte bei mir, dass mein Vater mir nur eine Tüte Kastanien kauft, unvorstellbar, dass er mir hundert an einem Tag kaufen würde. Und ich versuchte, die Esskastanien zu vergessen.

Dann kam Weihnachten …«

»Schon kapiert«, sagte ich zu Nicola, »ich hab's kapiert! An Weihnachten dasselbe mit Torrone und Panettone. Dann kommen die Ostereier, dann die Wassermelonen … und dann geht's beim Eis wieder von vorne los. Ich hab's kapiert!«

Aber Nicola sagt, ich habe es gar nicht kapiert, »vor fünfunddreißig Jahren haben sie mich in die Anstalt gesteckt, weil ich Kötel gegessen und gesagt habe, ich hätte Marsmenschen gesehen. Nach jener Nacht hat der Carabiniere in Uniform mich in der Anstalt abgeliefert und sie haben mich in die Beobachtung gebracht, die Station, wo du zwei Wochen bleibst und sie untersuchen, ob du wirklich irre bist oder sie dich wieder gehen lassen müssen. Der Arzt hat mir gesagt, dass ich ein normales Kind bin und er mich nach Hause schicken will. Aber einmal nach dem Abendessen haben die Pfleger da im Garten ein Fest gefeiert. Das Schuljahr war vorbei

86

und zwei Klassenkameraden waren zu Besuch gekommen.

Sie hießen Robertino Casoria und Pancotti Maurizio. Die Schwester hat gesagt, dass ich bleiben und mich unterhalten darf, und ich blieb alleine mit ihnen. Wir haben gespielt und Robertino Casoria hat zu mir gesagt »stimmt es, was die Lehrerin sagt, dass du irre bist?« Ich hab nein gesagt. Aber Robertino Casoria sagte »und warum haben sie dich dann ins Irrenhaus gesteckt?« Aber ich hab ihm geantwortet »das ist gar kein Irrenhaus. Es ist ein Wohnhaus.« Und Pancotti Maurizio hat gesagt »da wo ich wohne, das ist ein Wohnhaus. Wo ich wohne, kann jeder kommen und gehen, wann er will. Ich und Robertino gehen jeden Morgen raus zur Schule. Und auch jetzt, wo Ferien sind, gehen wir raus zum Spielen, aber du gehst nie raus, weil das hier ein Irrenhaus ist.« Ich hab ihm gesagt »nein, das ist kein Irrenhaus. Es ist ein Wohnhaus, aber wir können nicht raus, weil dieses Wohnhaus auch eine Schule ist. Eine Heiligenschule. Wir lernen hier, wie wir Heilige werden. Und die Heiligen sind nicht wie Ingenieure, die nur Ingenieure sind, wenn sie Häuser bauen und dann heimgehen und ganz normale Menschen sind. Die Heiligen sind immer heilig, Tag und Nacht das ganze Leben lang.« Und Pancotti Maurizio zog mich auf »was lernt ihr denn, um Heilige zu werden?« Ich antwortete ihm »wir machen Wunder.« Und er »ich mache auch Wunder. Ich habe einen Hut, aus dem kann ich ein Kaninchen hervorzaubern, und einen Stab, der wird zum Blumenstrauß«, und auch Robertino Casoria sagte zu ihm »das sind doch keine Wunder … das sind Tricks von einem Zirkusclown. Zaubertricks. Ein wahres Wunder ist, wenn man Tote wieder lebendig macht!«

Und Pancotti Maurizio hat zu mir gesagt »kannst du Tote lebendig machen?«

Da hab ich sie zum Anstaltstor gebracht. Zu dem, das die Beobachtung von der richtigen Anstalt mit den echten Irren trennt. Ich bin gleich rübergeklettert, weil ich das gewohnt bin, Robertino kam mir nach, aber dieser Schwachkopf von Pancotti Maurizio, der ist ein Dickmops und hat eine halbe Stunde gebraucht. Und wir haben ihm gesagt »los, Pancotti-Schwachkopf-Maurizio-Dickmops«, und er keuchte wie ein Walross, aber am Ende hat er es über das Gitter geschafft. Dann sind wir zu einem Mäuerchen gelaufen, wo tagsüber immer die Eidechsen sind, aber auch nachts. Ich habe eine Eidechse genommen und zwischen den Händen zusammengequetscht. Ich habe gesagt »jetzt brech ich sie durch und töte sie.« Ich habe ihr den Schwanz abgezogen, der ist auf die Erde gefallen und hat sich noch ein bisschen bewegt, wie die Sardellen in der Pfanne. In der Linken hielt ich noch die Eidechse und hab zu Pancotti Maurizio und Robertino Casoria gesagt »jetzt hab ich sie getötet und jetzt mach ich sie wieder lebendig!« Robertino starrte mit offenem Mund und angehaltenem Atem. Maurizio war skeptisch und sagte »die Eidechse ist ja tot. Zeig es uns schnell, sonst erstickt Robertino Casoria noch vor lauter Atemanhalten.« Ich hab gesagt »Eidechse, erwache!«, hab die Hand geöffnet und sie ist auf die Erde gesprungen. Sie ist unter meinen Beinen durch geflohen und hat sich in den Mauerritzen verkrochen. Da hat auch Pancotti Maurizio die Augen aufgerissen und den Mund aufgesperrt. Und Robertino, der Augen und Mund schon offen hatte … dem rollte sogar eine Träne. Also hat Pancotti Maurizio zu mir gesagt »ich bin ein ehrlicher Junge. Jetzt glaube ich, dass du Wunder machen kannst. Es stimmt, dass du ein Heiliger bist!« Ich war froh, weil ich dachte, dass Pancotti Maurizio wirklich ein Schwachkopf ist. Schwachköpfe glauben einfach alles.

Ich hab gedacht, wenn diese zwei nicht wissen, dass Eidechsen weiterleben, auch wenn man ihnen den Schwanz abreißt … vielleicht hatten sie auch noch nie ein Glühwürmchen gesehen. Ich bin mit ihnen zum Fluss gegangen, und als Pancotti Maurizio sie sah, hat er mich gefragt »ist das etwa auch ein Wunder?« Ich habe zu ihm gesagt »nein, ich will euch die Wahrheit sagen. Das sind die Heiligen aus dem Wohnhaus. Wenn sie sterben, öffnet die Anstalt ihnen den Kopf, schneidet das Gehirn in Scheiben und durchwühlt ihre inneren Organe. Die Heiligen sind wie Klempner, die ohne ihren Werkzeugkasten nicht einmal einen tropfenden Wasserhahn reparieren können. Ohne ihren Körper können diese armen Wichte keine Wunder machen. Deshalb verbringen sie nach ihrem Tod die Ewigkeit über dem Wasser vom Fluss. Aber die Anstalt hat ihnen in ihrem Leben so viel Elektrizität verpasst, dass sie sogar tot noch leuchten wie Laternen.«

Dann bin ich mit ihnen auf die Station gegangen, wo die Irren sind. Weil die Stationen sind ja nicht etwa nach Krankheiten sortiert. Die Stationen heißen »Ruhige«, »Mittelruhige« und »Unruhige«. Dann gibt es die »Unreinen« und die »Tuberkulösen«, die »Alten« und die »Kinder«, und alle sind noch mal nach dem Geschlecht unterteilt. Aber in der Nacht sind alle *ruhig*, auch die *Unruhigen*. Außer einem, der ganz nackt an sein Bett gebunden war, wo Maurizio mich gefragt hat »wieso ist der denn ganz nackt?« Ich hab gesagt »weil der ist wie der Heilige Franziskus, der sich nackt ausgezogen hat, um heilig zu werden. Hier drinnen gehören ihm jetzt nicht mal mehr die Kleider, die er anzieht. Jeden Morgen geben die Pfleger ihm einen Kittel und am Abend nehmen sie ihn wieder mit zum Waschen.«

Ich bin mit ihnen zu der Kleiderkammer gegangen, die heißt »Bündelei«, und ich habe ihnen erzählt, »wenn sie Heilige werden, geben sie alles beim Portier ab, der das Zeug nimmt und es zu einem Bündel verschnürt. Und das Bündel bleibt für immer in diesem Lager.« Pancotti Maurizio hat mich gefragt »können wir mal in so ein Bündel reingucken?«, aber als wir es geöffnet haben, lag nur eine Papierkugel darin und ich habe ihnen erklärt »die Heiligen brauchen ihr Zeug nie mehr zurück, deshalb nimmt der Portier es mit nach Hause und verkauft es auf dem Markt.«

In diesem Augenblick haben wir die Schwester kommen hören und ich habe gesagt »die Schwester ist taub und hört nichts, aber wenn sie uns er-

wischt, schlägt sie uns tot.« Wir sind rausgerannt
aus der Bündelei und durch alle Stationen durch.
Robertino Casoria hatte Angst »dass wir am Ende
noch die Heiligen aufwecken?« Ich habe ihm geantwortet »die wachen nicht mal auf, wenn die Polizei
kommt und mit Wasserwerfern Kaffee auf sie ab-
schießt.«

Wir sind zum Tor gekommen und ich bin
gleich rübergeklettert, Robertino kam hinter mir
her, aber Pancotti Maurizio schaffte es nicht hoch.
Er sagte »ich bin müde, nach der ganzen Renne-
rei … ich kann mich nicht hochziehen.« Ich sagte
zu ihm »los Pancotti-Schwachkopf-Dickmops-Mau-
rizio!« Und auch Robertino sagte »schwing die Beine hoch, häng dich an die Stangen. Du bist doch
kein Mädchen …«, aber der sagte immer nur »ich
bin ein dickes Kind und kann mich nicht hochziehen. Meine Mama hat mich sogar vom Sport-
unterricht befreien lassen … und Asthma hab ich
auch … und so ein Pfeifen im Hals …«, und er klet-
terte ganz langsam auf das Tor und als er oben an-
gekommen war, hatte er Angst, sagte »jetzt falle ich
runter und tu mir weh!« Aber ich sagte zu ihm »so
dick, wie du bist, dotzt du unten auf …«, aber dann
ist er beim Runterklettern abgerutscht. Er hat sich
auf eine Stange gespießt und hat geschrien. »Still,
Pancotti Maurizio!«, hab ich zu ihm gesagt, »wenn
du schreist, kommt die Schwester und haut dich
windelweich.« »Aber ich hab mir weh getan, da
kommt ganz viel Blut!« »Still, jetzt spiel bloß nicht
den Quengel-Feigling!«, habe ich zu ihm gesagt,
»wenn die Schwester kommt, hauen ich und Rober-

tino Casori ab und lassen dich allein mit ihr, und die schlägt dich, dann zieht sie dich aus und bringt dich zum Doktor, der steckt dir die Elektrizität an den Pimmel.« Und da hat Pancotti Maurizio gejammert … aber leise. Er weinte und verbiss sich die Tränen, während wir immer sagten »bitte, bitte, bitte sei leise.« Ich weiß noch, dass man in der Dunkelheit kaum die mopsigen Umrisse von Pancotti Maurizio erkennen konnte, wie er am Gitter hing. Man hörte nur das Jammern und hin und wieder ein Rütteln vom Eisentor.

Dann haben wir nichts mehr gehört. Und es kam uns vor, als sei es das Tor selbst, das verstummt war.

Robertino Casoria hat mich gefragt »ist es wahr, dass du Wunder machen kannst?«

Ich habe gesagt »nein, es ist nicht wahr.«

Robertino Casoria ist abgehauen und ich bin in der Nähe des Tors geblieben. Im Morgengrauen sah mir Pancotti Maurizio aus wie so ein Zeug, das am Tor hängt. Er sah aus wie ein Müllsack. So Zeug.

Dann ist die Schwester gekommen und hat mich überhaupt nicht geschlagen. Die Schwester hat mich zum Doktor gebracht, der hat mir zwei Stunden lang dauernd nur Fragen gestellt, immer dieselben. Er hat gesagt, dass es gefährlich ist, mich aus der Anstalt zu entlassen. Dass das Gesetz sagt, dass du eingesperrt wirst, wenn du für dich und andere gefährlich bist.

Sie haben mir die Kleider abgenommen und zu einem Bündel verschnürt. Die Schwester hat mich auf der Station der armen Kinder-Irren ins Bett gelegt. Sie hat zu mir gesagt »du bist ein böser Junge. Jetzt schließen wir dich hier ein und dann kommst du nie wieder raus.«

Fünfunddreißig Jahre sind seit dem Tag vergangen, und nach der langen Zeit hatte ich das alles vergessen. Ich hatte das Langnese-Cremino vergessen und die Esskastanien, den Panettone und die Ostereier, und auch das *sapore di mare sapore di sale* aus den sechziger Jahren. Dann hast du mich da raus in den Supermarkt gebracht, wo es Creminos, Esskastanien, Torrone und Eis und alles auf einmal gibt. Da gibt es auch Kinderüberraschungseier, die aus jedem Tag des Jahres ein ewiges Ostern machen. Jetzt, wo ich hier drin bin, verbringe ich die Zeit damit, an den Supermarkt zu denken, an die Barilla-Nudeln, an ihre schöne blaue Schachtel. An den Duft von Lavazza-Kaffee, der in der Vakuumverpackung nicht verfliegt. An den Alles-Müller-oder-was-Schlemmer-Joghurt. Daran denke ich und es geht mir schlecht, weil mir das hier drinnen fehlt. Aber dann, wenn ich rausgehe, geht es mir genauso schlecht, weil ich all die schönen Produkte sehe und sie nicht einmal anfassen darf. Sie stapeln sich vor mir in den Regalen, aber ich darf sie nicht nehmen wie man sich Äpfel vom Baum pflückt. Es sind viele, aber sie gehören mir nicht. Also kehre ich hierher zurück und es geht mir noch schlechter, und ich sehe mich um und in der Anstalt ist nichts. Hier ist nur die Pille am Abend zum Schlafengehen, hier ist nur die Schwester. Und ich kann nicht daran denken, dass ich fünfunddreißig Jahre damit verbracht habe, Stinkefürze zu zählen.

Jetzt geht es mir nirgends gut, weder drinnen noch draußen.«

Sechs

Ich bin dieses Jahr gestorben.

Dieses Jahr ist auch der polnische Papst gestorben.

Er war der wichtigste lebende Papst der Welt und ist an einem Samstagabend gestorben. Es war der 2. April. Es gab Staatstrauer sogar in Kuba und Vietnam. Pannella trat in den Hungerstreik und die Schwester fuhr nach Rom. Von Sonntag an standen alle Schlange, weil sie den Toten sehen wollten. Die Schwester hat drei Tage gebraucht, aber am Montagabend kam sie endlich beim Leichnam an. Sie hat uns in der Anstalt angerufen mit dem Handy, das sie mit Sammelpunkten im Supermarkt gewonnen hat. Sie hat gesagt, dass sie mit dem Handy auch ein Foto gemacht hat. Auf dem

Foto sind der tote Papst zu sehen und die lebendige Schwester.

An jenem Montag sind wir dann nicht in den Supermarkt gegangen, aber am Dienstag mussten Nicola und ich dringend hin, auch wenn die Schwester noch nicht aus Rom zurück war. Sie hat uns angerufen und gesagt, dass sie versucht, rechtzeitig vor Ladenschluss zurück zu sein, um an der Kasse zu bezahlen.

Darum wollte ich auch lieber nicht in den Supermarkt, aber sie hat darauf bestanden und wir mussten. So verlassen wir also am Dienstag die Anstalt. Wir öffnen die erste Tür und warten in dieser Art Loch. Wir schließen sie und öffnen dann die zweite und gehen hinaus. Weil die Anstalt muss immer verschlossen sein, sonst hauen die armen Irren ab. Die Tür vom Supermarkt geht dagegen von alleine auf. Sie gleitet mit einem elektronischen Geräusch durch die Stahlschlitze.

Doch kaum betreten wir den Supermarkt, fängt Nicola an und sagt, er will Zeitschriften mit Frauen kaufen, die nackte Männer lecken, und ich sag ihm, dass es die hier nicht gibt. Ich sage »mag ja sein, dass der Papst tot ist und alles, aber denk bloß nicht, dass man jetzt diese schmutzigen Zeitschriften verkaufen darf. Einer ist tot, aber dann gibt's ganz schnell einen neuen …«, und ich gehe mit ihm in die Zeitungsecke, um ihm zu zeigen, dass ich Recht habe. Aber in der Nähe vom Zeitungsregal sehe ich die Signorina, die Werbung für Lavazza-Kaffee macht. Sie bietet den Kunden gratis Kaffee im Plastikbecher an und zeigt ihnen die verschweißten Vakuumverpackungen. Sie ist wunderschön und ich erkenne sie, obwohl ich sie seit fünfunddreißig Jahren nicht gesehen habe.

Es ist Marinella.

Ich sage zu ihr »du bist wunderschön. Du bist noch genauso wie damals, als wir Kinder waren. Du bist noch genauso wie vor fünfunddreißig Jahren, nur mit größeren Möpsen.«

Sie erkennt mich auch sofort und bietet mir einen Espresso an. Sie sagt »du bist auch noch der von vor zwanzig Jahren. Du hast dieselbe Stimme wie damals als Kind.«

Und ich sag zu ihr »ich bin eben einer, der nicht so viel redet. Ich gebrauche die Stimme wenig, da nutzt sie sich nicht so ab. Wie die guten Stühle im Wohnzimmer, wo die Leute die Plastikfolie auf der Sitzfläche lassen, um den Stoff nicht zu ruinieren und nach zwanzig Jahren sind sie nicht mal ausgeblichen. Ich … ich bewahre, was die Natur erschafft.«

Sie sagt zu mir »ich hab dich auch die letzten Tage schon gesehen, aber ich wollte nicht stören. Du kommst immer mit der Schwester, der aus der Irrenanstalt? Wieso ist sie nicht da? Stimmt es eigentlich, was die Kassiererinnen sagen, stimmt es, dass die Schwester Püpse fahren lässt?«

Ich sag ihr »ja, die Schwester furzt … aber heute ist sie in Rom beim toten Papst. Heute pupst sie auswärts«, und sie fängt an zu lachen. Also mache ich weiter und sage zu ihr »stell dir vor, wie die Schwester vor der Leiche vom polnischen Papst steht. Sie ist bewegt und sie lässt einen fahren. Alle tun, als wär nichts, weil sie eine Schwester ist. Alle außer dem polnischen Papst, der wieder lebendig wird und zu ihr sagt ›jetzt reicht's aber! Seit Ewigkeiten lässt du deine Püpse fahren und alle tun so, als wär nichts. Aber Pups ist Pups, auch wenn man ihn leise macht … und weißt du warum? Weil es *Stinkpüpse* sind und das bedeutet, dass sie stinken!‹ Und alle sind ganz stumm und erstaunt über die Schwester, die den Papst wieder lebendig gemacht hat. Dann kapiert die Weltpresse, dass irgendeine Schwester gerade den Papst zum Leben erweckt hat, und sie gehen hin zu ihm und fragen ›Eure Heiligkeit, sagt uns doch, wie das Paradies beschaffen ist‹, aber der polnische Papst antwortet ›das Paradies existiert nicht.‹ Und da fragt jemand ›und die Hölle?‹ Und der Papst meint ›nein, die auch nicht. Wenn es kein Paradies gibt, kann es auch keine Hölle geben … sonst wäre der Tod ja voll der Betrug!‹ Ein amerikanischer Journalist kommt heran und fragt ihn etwas Schwerwiegendes, ›existiert Gott? Wie sieht er aus? Ist er groß oder klein … blond, braun, schlitzäugig, schwarz, eine Frau?‹ Aber der polnische Papst antwortet wieder ›nein, Gott existiert nicht!‹ Und jemand wagt ein ›und Buddha? Manitu?‹ Und der Papst sagt wieder ›nein! es gibt keinen Gott, da kann es doch keine Billigmarken geben … die Toten sind für immer tot. Entweder sie werden wieder lebendig oder aus die Maus.‹

Und die ganze Welt fällt vom Glauben ab. Die Priester entpriestern sich und werden Glücksspieler, illegale Parkplatzwächter mit Zeitvertrag. Die dicksten Kardinäle werden als Sumoringer wiederverwertet. Die Kinder aus der Schule von Piazza Castrolibero in meinem Viertel Morena am Rand von Rom verscherbeln die Kreuze an den Klassenwänden als Brennholz und kaufen sich von dem Geld umgerüstete Mofas, mit denen sie *Wheelies* auf dem Hinterrad machen. Aus den Kirchen macht man Parkplätze und löst so das Verkehrsproblem. Der *Osservatore Romano* wird eine Zeitung für Hundewetten und *Famiglia Cristiana* eine Zeitschrift, wo Frauen nackte Männer lecken. Und dann …«

Und dann Schluss, weil ich sehe, dass Marinella lacht wie so dicke, betrunkene Verwandte an Weihnachten, die sich vor Lachen in die Hose pissen. Sie lacht wie als wir Kinder waren. Und ich glaube, dass sie nach fünfunddreißig Jahren vielleicht immer noch an mich denkt. Vielleicht denkt sie immer noch, sie könnte mich erwählen, um bis zum Tod zusammen zu sein und in aller Armut Kinder aufzuziehen und alt zu werden und alles zu teilen, jeder eine halbe Pizza bianca, ein halbes Eis, ein halbes Glas Milchkaffee. Ich denk, ich sage ihr, dass ich ihr nun glaube, auch wenn sie lügt, dass sie Spinnen isst, obwohl das gar nicht wahr ist. Ich spüre, jetzt bin ich bereit. Nach fünfunddreißig Jahren bei den armen Irren bin auch ich zum Schwachkopf geworden. Ich glaube auch alles.

Ich glaube an ihre Liebe, die zwischen uns auferstanden ist, weil ich sie zum Lachen gebracht habe. Denn eine Frau verliebt sich in den, der sie zum Lachen bringt. Frauen, die lachen, verlieben sich. Ich denke, genau das ist die Liebe. Ich könnte es auf die Mauer vom Supermarkt schreiben, *Liebe ist … über eine Schwester zu lachen, die furzt.*

Aber dann kommen andere Supermarktkunden heran. Ein alter Mann kommt und lässt sich von Marinella einen Lavazza-Espresso machen. Und ich denke, dass der Alte den Kaffee doch gar nicht trinken darf. Wirst schon sehen, wenn er nach Hause kommt, muss er schnell seine Herzpille schlucken, denn vom Kaffee kriegt er Herzrasen. Der trinkt den nämlich nur, weil er sich lieb Kind bei Marinella machen will. Und nach ihm kommt auch noch so ein Schwarzer aus Afrika, einer der vielleicht gerade von der Baustelle kommt, wo er für zehn Euro am Tag arbeitet. Der Schwarze hat sich eine Packung Bier gekauft, um sich mit seinen Afrikanerbrüdern zu betrinken, und der will jetzt Kaffee? Ich sage dir, die sind nur gekommen, weil sie mit Marinella anbändeln wollen.

Und dann fang ich an zu denken, so wie ich sie zum Lachen gebracht habe, können alle anderen sie auch zum Lachen bringen. Der Alte kann sie zum Lachen bringen und sie verliebt sich in den Alten, der den Lavazza-Espresso trinkt, bis sein Herz vor Liebe und Herzrasen explodiert. Und dann lacht sie mit dem schwarzen Afrikaner und mit allen, die Lavazza-Kaffee trinken. Ich kapiere, dass sobald sie aufhört zu lachen auch ihre Liebe aufhört.

Ich kapiere, dass es zwei verschiedene Arten von Liebe gibt. Es gibt die Liebe, die ewig dauert. Die eheliche Liebe mit Kindern, die groß werden und Windpocken und Scharlach kriegen, mit Urlaub am Meer im Wohnwagen und zinsgünstigem Kredit fürs Haus. Und dann gibt es die Liebe, die nur einen Augenblick dauert. Das ist, wie wenn du eine Sternschnuppe siehst und dir, obwohl du Forscher bist und den Weltraum erforschst, etwas wünschst. In dem Augenblick, wenn der Stern fällt, denkst du dir keine Theorien über die Sterne und den Weltraum aus. Wenn du den Stern siehst, denkst du an einen Wunsch, wie als du ein kleiner Junge warst. Und ich kapiere, dass meine und Marinellas Liebe genau dieser Typ ist, die Liebe eines Augenblicks. Ich kapiere, dass ich sie etwas fragen muss, bevor Marinella zu lachen aufhört. Nur eine Sache in unserer Liebe, die bloß eine Sekunde dauert. Ich muss es fragen, bevor sie aufhört zu lachen, denn sonst wird meine Liebe auf ewig zerschellen, wird die Sternschnuppe schon herabgefallen sein.

Ich frage sie »darf ich dich lecken? nackt … Darf ich dich lecken?«

Aber sie antwortet mir »… nein. Ich finde das eklig, wenn du mich leckst.« Und sie hört auf zu lachen.

Ich sage zu ihr »das macht nichts. Ich versteh dich, ich finde das nämlich auch eklig. Ich fand Speichel schon immer eklig. Und eigentlich finde ich auch die armen Irren in der Anstalt eklig, die mich einspeicheln. Wenn die mich lecken, haue ich ab. Manchmal ekelt mich sogar mein eigener Speichel, den ich im Mund habe.«

Kurz, ich sage zu Marinella »ich fände es auch eklig, wenn du mich leckst. Ich würde abhauen, aber wenn du mich lecken willst ... du kannst mich lecken, wenn ich tot bin. Wenn ich tot bin, flüchte ich nicht.«

Marinella sagt »ich fände es eklig, dich zu lecken, wenn du tot bist. Die Toten leckt man nicht.«

Aber ich sage zu ihr »die Toten leckt man nicht? Dann weißt du nicht, was bei uns in der Anstalt geschieht ... Weißt du, dass wenn einer nach fünf Uhr nachmittags stirbt, das Leichenhaus schon zu ist? Deshalb setzt sich jemand zu dem Toten, der auf seinem Bett liegen bleibt, und bewacht ihn bis zum nächsten Morgen. Und einmal habe ich mich zu einem Toten gesetzt. Gegen Morgen habe ich große Lust bekommen, ihn zu lecken ... einfach so, ohne böse Absicht. Und dann ist ein Pfleger gekommen und hat mich an der Kehle gepackt und ich hab gesagt ›ich hab ihn doch nur geleckt. Ich hab ihn doch nicht umgebracht. Ich war grade am Lecken, ich wollte sehen, wie er schmeckt. Jetzt, wo er erst kurz tot ist!‹ Ich habe ihm gesagt, dass ich ihn probieren wollte, ob er noch nicht den Geschmack verloren hat, den er als Lebender hatte.«

Ich sage zu ihr »du müsstest mal zu uns in die Anstalt kommen und gucken, wie die Irren so leben.«

Ich sage zu ihr »komm sie dir mal anschauen. Die
Irren sind lustig.«

Aber sie sagt »ich würde sie schon gern anschauen
kommen, aber ich darf nicht raus aus dem Supermarkt. Seit ich im Supermarkt angestellt bin, habe
ich ihn nicht mehr verlassen. Hier drinnen gibt es
Unterkünfte für alle, die hier arbeiten. Das Unter-
nehmen ist froh, wenn wir auch nach der Arbeits-
zeit hierbleiben. Sie sagen, das sei hygienischer,
dann schleppen wir keine Krankheitsbazillen ein.

Und außerdem geht es einem gut hier, weil
hier ist immer dasselbe Wetter. Wie Rom im Herbst.
Ich glaube sogar, dass man in der Tiefkühlabtei-
lung das Geräusch des Windes hört, obwohl die
Kassiererinnen sagen, das ist das Brummen der
Kühltruhen.

Wenn ich vor den Iglo-Fischstäbchen und den
vorgebackenen Buitoni-Pizzen stehe, habe ich das
Gefühl, auf dem Gianicolo zu sein mit dem Wind
vom Rom der Päpste. Und manchmal, wenn ich Fei-
erabend habe, mache ich einen Spaziergang dorthin. Dann bleibe ich ganze halbe Stunden dort,
denn der Supermarkt hat auch nachts geöffnet
und schließt nicht einmal zu Weihnachten.

Das Licht hier drinnen ist immer an.

Ich fände es toll, wenn ich hier geboren und
aufgewachsen wäre. Denn als Kind hatte ich immer
Angst vor der Dunkelheit. Abends im Bett weinte
ich, weil ich wenigstens ein ganz schwaches Nacht-
lämpchen wollte. Hier drinnen ist die Angst dann
verschwunden. Wenn ich jetzt an meine Zeit da

draußen denke, kommt es mir vor, als seien inzwischen Jahrhunderte vergangen. Als wären wir zu Zeiten der alten Römer Kinder gewesen. Ich denke an die Dunkelheit wie an ein albernes Märchen, etwas das man halt so erzählt wie einen Witz über Außerirdische vom Mars. Aber damals habe ich geweint, wenn ich im Dunkeln allein gelassen wurde.

Man kann sterben aus Angst vor der Dunkelheit.«

Marinella hat mich gefragt, ob ich jemanden aus der Schule wiedergesehen habe.

Sie sagt »hast du Robertino Casoria wiedergesehen?«

Ich hab ihr gesagt »ich habe niemanden wiedergesehen.«

Dabei hab ich Robertino Casoria wiedergesehen. Seit fünfunddreißig Jahren ist er der Einzige, der mich besuchen kommt. Er kommt in der Mittagspause und wir essen zusammen. Er ist jetzt so einer geworden, der Insekten erforscht, aber ich hab vergessen, wie der Beruf heißt. Wir essen und er erzählt von der Libelle, die vier Flügel hat und sie unabhängig voneinander bewegen kann, die sich im Fliegen paart und dabei jagt und frisst. Die Libelle ist ein Wunderwerk. Er sagt, es gab mal einen, der hat so Flugzeuge gebaut, die immer runterfielen, und er hat sich eine Methode ausgedacht, damit sie fliegen, die funktioniert genauso wie die Flügel bei der Libelle.

Dann erzählt Robertino von der Stechmücke, die Blut saugt, um ihre Eier abzulegen, »es sind immer nur die Mückenweibchen, die stechen.«

Aber seine Spezialität ist die Fruchtlaus. Das ist ein Tierchen, das sein ganzes Leben lang Pflanzensaft saugt und sich vermehrt. Sonst tut es nichts, sagt er. Auf dem Land wimmelt es von Tieren, die diese Laus fressen, aber sie lässt sich auch fressen. Für sie ist der Überlebenskampf passiver Widerstand. Sie hat kapiert, dass es weniger mühsam ist, sich umbringen zu lassen, als sich mit Selbstverteidigung abzumühen.

Wir Menschenwesen verlieren viel Zeit, unsere Krankheiten zu heilen, uns vor dem Regen zu schützen und vor der Kälte, sie hingegen stirbt nur deshalb nicht aus, weil sie sich Hals über Kopf vermehrt. Robertino Casoria sagt »wenn sie nicht vom DDT vernichtet würde und andere Insekten sie fräßen, würde die Fruchtlaus die Erde innerhalb eines Jahres überschwemmen und sie so dick machen, dass sie den Mond berührt.«

Nun fährt Robertino Casoria auf eine Insel nach Südamerika. Er sagt, dort lebt kein Mensch, aber es wimmelt von Wildfrüchten, die von diesen Läusen befallen sind. Er wird bezahlt dafür, dass er dieses Viech erforscht. Er sagt »man hat herausgefunden, dass sie noch aus einem anderen Grund stirbt. Es gibt ein Molekül, das sie dazu bringt, nicht mehr die Blätter auszusaugen, und die Laus lässt sich fallen. Sie stürzt und klatscht auf die Erde. Sie frisst und fickt ihr ganzes Leben lang. Und wenn keiner sie tötet … bringt sie sich am Ende selbst um. Genau wie manche Dichter der Romantik.«

Er muss ein Insektizid erfinden mit diesem Molekül.

Auch Robertino sagt, dass ich mich nicht verändert habe.

Deshalb ist er mich auch immer besuchen gekommen. Er sagt »ich bin so einer, ich muss immerzu von Insekten reden, auch beim Mittagessen. Die

Leute mögen es nicht, über Ungeziefer zu reden, während sie ihre Nudeln essen. Dir aber macht das nichts aus.

Du bist der Einzige, der auch mit vierzig Jahren immer noch Spinnen isst.«

Ende der Geister-Spur

Sieben

Ich habe mich von Marinella verabschiedet. »Ciao, Marinè ...«

Sie hat sich auch verabschiedet, sie hat gesagt »ciao, Nicola.«

Es war am 5. April, als wir ohne die Schwester zum Supermarkt gegangen sind. Es war Dienstag. Wir haben zu Ende eingekauft, da ist gerade die Schwester gekommen. Sie wartete an der Kasse. Wir sind zum Leiter des Supermarktes gegangen und sie hat sich entschuldigt, dass sie zu spät gekommen ist. Sie hat gesagt »das war, weil der polnische Papst gestorben ist.« Dann hat sie sich erkundigt »hat Nicola jemanden belästigt?« Der Leiter hat geantwortet »nein, Nicola ist ja ein Ruhiger. Er kauft ein, lädt den Wagen voll, spricht mit sich selbst, aber er belästigt niemanden.« Die Schwester sagt »der Nicola hatte eine Großmutter, die immer die Eier brachte, und seine Mutter war eine arme Irre. Der Vater aber war ein Asozialer, der hat ihn im Sommer mit den Brüdern bei den Schafen gelassen und einmal ist eine schlimme Sache passiert. Seit dem Tag ist Nicola bei uns in der Anstalt. Wir haben versucht, ihm etwas beizubringen, aber nach fünfunddreißig Jahren kann er nur einkaufen und den Irren, denen es schlechter geht als ihm, die Therapie austeilen. Ansonsten ist er ein armer Verrückter, der mit sich selbst redet, aber keiner Fliege was zuleide tut.«

Der Leiter hat gesagt »in allen Familien gibt es einen faulen Apfel, ein schwarzes Schaf. Zum Glück gibt es eure Anstalt, die sich um diese armen Irren kümmert.«

Die Schwester hebt die Arme und sagt zu mir »hörst du, wie geduldig der Herr Filialleiter ist? Jetzt versuch aber auch, ruhig zu sein … du sagst immerzu Nicola, Nicola, Nicola … wann willst du endlich kapieren, dass du selbst Nicola bist?« Die Schwester hebt die Arme und furzt, und Nicola zählt still.

Acht

Ich bin dieses Jahr gestorben.
Alle wollten dieses Jahr sterben.

Denn nach diesem Jahr wird es nichts Neues mehr geben, und von morgen an werden wir in einer Welt aufwachen, die nichts Spannendes mehr zu bieten hat. Die sechziger Jahre aber waren fabelhaft, und wir wachten jeden Tag mit einer außergewöhnlichen Neuigkeit auf. Sogar meine Großmutter, die die sechziger Jahre hasste, merkte, dass das Leben um uns herum Fortschritte machte, um irgendwann perfekt zu sein.

In den sechziger Jahren hatten wir den Hahn. Ich wollte ihn töten, weil er in den Hof kackte, aber meine Großmutter sagte »er kräht und weckt uns, den kann man nicht töten.« Und der Hahn lachte. Er lachte und kackte in den Hof. Er kackte und krähte. Der Hahn lachte, weil er kapiert hatte, dass wir ihn nicht töten würden. Er lachte, weil er nicht starb.

Dann ist meine Großmutter gekommen mit dem Messer in einer Hand und dem Wecker in der anderen, und der Hahn hat aufgehört zu lachen. Er hat kapiert, dass er sterben wird. Meine Großmutter hat ihm die Kehle durchgeschnitten und ihm ist das Blut aus dem Hals geschossen. Sie hat ihn geöffnet, die inneren Organe herausgeholt und ihn im Ofen gebacken. Meine Großmutter sagte »der Hahn weckt uns, aber der Wecker weckt uns auch. Und der Wecker kackt nicht in den Hof.«

Und ich habe an diesem Tag fünfunddreißig Jahre später den Hahn wiedergesehen, der lacht. Ich habe ihn im Supermarkt auf einer Packung Cornflakes wiedergesehen. An diesem Tag habe ich kapiert, dass dieser Hahn lacht, weil er aus Pappe ist, er ist der perfekte Hahn. Er hat keine inneren Organe, es ist kein Blut in dem Supermarkthahn. Im Papphahn sind Cornflakes, und die sind lecker. Deshalb lacht er, weil der Hahn auf der Pappe stirbt nicht. Er kräht nicht und kackt nicht in den Hof und stirbt nicht.

Und auf dem Schreibtisch des Supermarktleiters stand ausgerechnet eine Packung Cornflakes mit dem Hahn drauf, der lacht. Und ich hab gefragt »darf ich die probieren?« Und er hat zu mir gesagt, dass ich darf. Und ich habe probiert, bis die Packung leer war. Und ich habe gedacht, dass ich noch mehr essen wollte und er hat mir gesagt »im Supermarkt gibt es noch tausend Packungen.« Und wir sind hinuntergegangen und haben noch eine aufgemacht. Und dann noch Dutzende Packungen. Der Leiter hat gesagt »iss nur, die sind gesund, Cornflakes sind ein Qualitätsprodukt. Iss sie zusammen mit dem Alles-Müller-oder-was-Schlemmer-Joghurt und gib Parmalat-Milch darüber.« Und ich aß die Milch und tat auch noch Nesquik hinein, das mögen Groß und Klein, und die zweifarbigen Ringo-Kekse mit der Cremefüllung. Ich aß die vorgebackene Buitoni-Pizza und die Iglo-Fischstäbchen, die ich aus dem Eis in der Kühltruhe nahm. Ich aß Barilla-Nudeln mitsamt der blauen Packung. Und obwohl sie ungekocht waren, und obwohl sie eingepackt waren, schmeckten sie gut nach Nudeln und irgendwie süß nach Blau. Und ich aß die Zahnpasta Aquafresh, mit der wir gelernt haben, uns dreifarbige Zahncreme auf die Bürste zu schmieren. Und ich aß die Weinpackungen Tavernello mit ihrem Tetrapak-Geschmack und auch die Zeitschriften aß ich mit den Frauen, die keine nackten Männer lecken, aber ihre Möpse zeigen, um uns zu erinnern, dass die Welt nicht nur aus Terror-Anschlägen und Polit-Talkshows besteht.

Und in meiner Nähe war der Filialleiter, der zufrieden mit mir war, und die Schwester, die schön war und aussah wie Mutter Teresa aus Kalkutta als junges Mädchen. Da war meine Großmutter in ihren Altfrauenkleidern, mit den Strümpfen aus der Apotheke und den Schuhen wie damals, als sie mich zur Schule brachte mit dem Ei in der Hand und immer sagte »das ist frisch das Ei, es stinkt noch nach Hühnerarsch. Aber das Kinderüberraschungsei ist noch leckerer.« Und Marinella tanzte als Ballerina verkleidet und lachte aus Liebe zu mir. Und auch mein Vater war da, voller Stolz, dass ich alles aufgegessen hatte wie zu Kriegszeiten, als er sogar Kartoffelschalen aß. Und meine Brüder waren da mit den Schafen und auch die Mars-Frau, die ihren himmlischen Körper zeigte. Und die Brüder sagten »wenn du willst, lassen wir dich lecken«, und ich antwortete »nein danke. Jetzt finde ich das eklig.« Und als ich nicht mehr konnte, habe ich aufgehört zu essen. Ich habe an die sechziger Jahre gedacht, die für mich an dem Tag vorbei waren. Sie waren fünfunddreißig Jahre zu spät vorbei. Jetzt konnte ich das Langnese-Cremino sehen, ohne beleidigt zu sein, dass ich nur eines essen durfte. Ich konnte Creminos essen bis zum Ende aller Zeiten.

Jetzt war ich satt und fing an zu kotzen.

Aus dem vollen Magen kamen die Ringo-Kekse und der Nesquik heraus, der Alles-Müller-oder-was-Schlemmer-Joghurt, die vorgebackene Buitoni-Pizza und die Iglo-Fischstäbchen, die Barilla-Nudeln samt der blauen Schachtel, die Zahnpasta Aquafresh und der Tavernello-Wein im Tetrapak.

Als ich mit Kotzen fertig war, habe ich aufgeschaut.

Und da war auch meine Mutter, nicht festgebunden und ruhig. Meine Mutter, die zu mir sagte »bedank dich bei all den netten Menschen vom Supermarkt. Das sind alles Heilige. Die Kassiererinnen sind Heilige, die über die Stinkpüpse der

Schwester lachen, Marinella ist eine Heilige, die dich liebt, und der Filialleiter ist der heiligste von allen. Bedank dich beim Leiter. Er ist der Oberheilige, er ist Jesus Christus.«

Und ich hab ihr gesagt »nein, er ist nicht Jesus Christus! Das ist ein Witz, Mama.«

Dabei war der Leiter alles andere als ein Witz. Der Leiter des Supermarktes war wirklich Jesus Christus in Person. Er lachte nicht wie der Cornflakes-Hahn. Der Hahn, der lacht, weil er ein Papphahn ist und nicht stirbt. Jesus Christus stirbt, und das hat er mir selbst gesagt »ich lache nicht, denn ich sterbe. Und ich sterbe auch für dich.« Ich habe ihm geantwortet »nein, du stirbst nicht für mich. Ich glaube ja nicht mal an Gott, die Jungfrau Maria, Jesus Christus und die ganzen Heiligen …« Aber er hat zu mir gesagt »jetzt glaubst du dran, denn du bist selbst ein Heiliger geworden. Denn jetzt hast du alles ausgekotzt, auch den Teufel. Aber nicht den Witzteufel, den mit dem Dreizack, Schwanz und Schwefelgestank. Du hast den echten Teufel ausgekotzt. Denn der Teufel ist so wahr wie ich. Er ist wie Jesus, aber er ist ein Aas-Jesus. Ein Kannibalen-Jesus, der die Toten auferweckt, um sie bei lebendigem Leib zu essen. Ich aber, der wahre Jesus, wecke noch nicht einmal die Toten auf. Ich bin der barmherzige Jesus. Ich erwecke die Lebenden. Erwecke die Lebenden … um sie sterben zu lassen. Und jetzt kehren wir in die Anstalt zurück.« Und während ich zur Schiebetür vom Ausgang ging, habe ich gesehen, wie die Supermarktkunden meine Kotze aufhoben, in ihre Wagen packten und da-

114

mit zur Kasse fuhren, um sie zu kaufen. Aber die Kotze war nicht eklig, denn diese wunderbaren Produkte waren immer noch gut. Nachdem ich sie ausgekotzt hatte … die Barilla-Nudeln sahen noch genauso aus wie vorher, schön verpackt in ihrer blauen Schachtel. Auch das ausgekotzte Nesquik konnte man kaufen und es schmeckte noch immer Groß und Klein. Und der Müller-Joghurt war noch genauso schlemmer-cremig … und ich habe ihn gefragt »wie ist das möglich? Das ist doch ein Wunder!«, und Jesus Christus hat mir gesagt »das ist kein Wunder. Das ist normal, das sind eben alles Qualitätsprodukte! Ich mache sie selbst. Ich bin der Schöpfer des Himmels und der Erde, aber ich bin auch der Herr des Supermarktes. Und jetzt lass uns gehen.« Er hat mich zur Anstalt gebracht und die Schwester hat mich ans Bett binden lassen. Dann hat Jesus Christus zu mir gesagt »früher musste man Irren wie dir die Triplette geben, das war eine Spritze mit Fargan, Largactil und Serenase. Mit einer Ladung Valium wurden sie ans Bett gebunden und schliefen dann drei Tage lang. Jetzt gibt es Seroquel, das ist ein Qualitätsprodukt. Das mache ich. Du musst nämlich wissen, dass die Anstalt, der Supermarkt und das Königreich des Himmels alles ein einziger Betrieb sind und ich bin der Eigentümer. Und jetzt ruh dich aus.«

Neun

Ich bin dieses Jahr gestorben.

Ich war festgebunden, und dann habe ich aufgehört zu atmen.

Zuerst zählte ich die Herzschläge. Dann wurden es derart wenige, dass ich angefangen habe, die Zeit zwischen dem einen Herzschlag und dem nächsten zu zählen. Dann Schluss. Aber es ist überhaupt nicht schlimm. Es ist nicht wie in den Filmen über arme Irre, denen sie Strom ans Gehirn legen, die schreien, um sich schlagen, sich die Augen auskratzen und die Wände mit Scheiße beschmieren. In der Anstalt gibt es nie dieses Theater, wie du es immer im Kino siehst. Hier drinnen ist selbst die Scheiße diskret. Die Anstalt ist ein Wohnhaus, wo du erst kapierst, dass der Nachbar unter dir gestorben ist, wenn du den Gestank riechst. Und der Gestank macht weder Unordnung noch Lärm.

Ich bin ans Bett gebunden gestorben. Nicola war bei mir. Er hatte eine Zeitschrift mit Frauen, die nackte Männer lecken, eingepackt in Zellophan. Er hat sie mir gezeigt. Es war die chinesische Zeitschrift ohne die überflüssigen Worte. Es stand kein Titel und kein Preis drauf. Auf seiner war nicht mal der Barcode. Nicola sagt, er hat jetzt ein Abonnement. Es waren wunderschöne geklonte Frauen aus dem Kino der fabelhaften Sechziger, und sie leckten nackte Chinesenmänner. Im Zellophan steckte sogar ein Geschenk, als Werbegeschenk. Aber es war keine Brille und auch kein Glücksbringer mit künstlicher Pfote vom Wildkaninchen. Es war nicht so ein Betrug wie sonst immer bei so Zeitschriften. Im Zellophan der schmutzigen chinesischen Zeitschrift steckte der Schlüssel zur Anstalt, und Nicola sagte zu mir »ich gehe. Ich gehe zum Standesamt und lasse mich registrieren. Zumindest jetzt, wo wir tot sind, müssen wir irgendwo registriert sein, denn was schreiben sie uns sonst auf den Grabstein?«

Aber ich hab ihn gebeten »warte noch kurz. Geh nicht, bevor du etwas gesagt hast. Sag etwas zu der Leiche von diesem Toten.« Und Nicola hat sich für seine Rede vorbereitet. Er hat seine Hand angeleckt und ist sich damit durch die wirren Haare gefahren. Er hat lustlos geschnaubt mit einer Miene, als wolle er sagen *warum soll ausgerechnet ich jetzt diesen Nachruf halten?* und hat die Augen zum Himmel verdreht und so dermaßen hochgekippt, dass er sich fast selbst ins Gesicht gesehen hat.

Dann ist er zu mir gekommen und hat gesagt »dieser Tote hier vor mir, das bin ich. Und es tut mir leid, mich als Toter präsentieren zu müssen, aber als Lebender war ich auch schon nicht so toll. Und jetzt sehe ich mich als dieser Tote hier, der ich selbst bin, und es ist komisch, mir ins Gesicht zu sehen. Vor mir zu stehen wie vor einem verkehrten Spiegel. Ich schaue mir den Toten an, der ich selbst bin, und frage mich seit mindestens einer halben Stunde *wenn ich nicht mehr lebe ... und dieser Tote, der ich selbst bin, hier vor mir liegt ... wer ist dieser ich, der vor dem Toten steht?* Ich schaue diesen Toten an, der ich selbst bin, und schaue auf meine Beine. Ich schaue auf meine dünnen Beine, so ganz dürre Beinchen, und ich sage mir, so dünne Beine kann doch kein Mensch haben. Ich sage mir, so konnte der doch nie und nimmer laufen, auf diesen Beinen. Und dabei bin ich gelaufen, hin zum Supermarkt und zurück und immer auf denselben dürren Beinen.

So schaue ich mir dann die Arme an. Ich schaue die dünnen Arme an, so ganz dürre Ärmchen, und ich sage mir, so dünne Arme kann doch kein Mensch haben. Ich sage mir, der konnte doch nichts in der Hand halten. Nicht einmal etwas Kleines konnte er halten, sage ich mir. Selbst der Staub unter den Fingernägeln muss ihm doch schon gewogen haben. Selbst die Luft zwischen den Fingern muss ihm schwer vorgekommen sein. Und dabei weiß ich noch, dass ich mit den Armen Gewichte trug. Ich trug den Einkauf vom Supermarkt, Tüten voll mit Spüli und Nesquik.

Ich sehe mir das dünne Gesicht an, so ein ganz dürres Gesichtchen. Ich sage mir, dieses Gesicht ist wirklich das Gesicht eines Toten. Ich sage mir, ein Lebender kann doch nicht so ein Gesicht haben. Aber ich hatte dieses Gesicht auch als Lebender. Und mir wurde immer gesagt ›mit dem Gesicht siehst du aus wie ein Toter.‹ Mein ganzes Leben wurde mir gesagt, dass ich das Gesicht eines Toten habe. Und da sage ich mir doch selbst, dass einer, der sein ganzes Leben lang einem geähnelt hat, am Ende auch der wird. So bin ich also nach einem ganzen Leben lang endlich ein Toter geworden.

Ich bin mit demselben Gesicht gestorben, das ich als Lebender hatte.«

Ich sage zu ihm »Nicola, bist du jetzt fertig?« Er antwortet »ja. Ich glaube schon. Reicht das denn?«

Ich sage ihm »wenn dir sonst nichts mehr einfällt …« Er sagt nein. Er verabschiedet sich.

Ich rufe ihn zurück »du wirst doch nicht etwa um diese Uhrzeit gehen. Jetzt bringt die Schwester uns eine schöne gekochte Birne und dann gehen sie mit der Therapie rum. Wir bekommen eine Marsmenschenpille, die tut uns gut. Mit der Pille vergeht alle Angst und wir schlafen ein. Warte bis morgen früh. Geh nicht weg, jetzt wo es dunkel ist. Weißt du nicht mehr, dass die Dunkelheit einem Angst macht und man aus Angst vor der Dunkelheit sterben kann?«

Nicola sagt zu mir »klar weiß ich das noch. Aber seit fünfunddreißig Jahren nehme ich jetzt Marsmenschenpillen, um diese Angst zu heilen. Und trotzdem kommt die Angst immer wieder zu mir zurück, jeden Abend. Ich behandle mich und bleibe immer krank.

Aber jetzt habe ich kapiert, warum ich nie gesund werde.

Weil die Angst gar keine Krankheit ist.«

Zehn

Ich bin dieses Jahr gestorben.

Aber am Tag meines Todes hat Nicola die Anstalt verlassen mit dem Schlüssel, den er in der chinesischen Zeitschrift mit den Frauen gefunden hat,
die nackte Männer lecken. Er hat die erste Tür aufgeschlossen und ist in den Durchgang rein. Er hat
die zweite aufgeschlossen und ist raus. Er hat beide
Türen offengelassen und niemand ist abgehauen.

Die armen Irren, die dreißig Jahre auf dem
Buckel haben, gehen nicht einmal mehr hinaus,
wenn das Irrenhaus in Flammen steht.

Die Irren hauen nur in Witzen ab.

Als er draußen war, schien es Nicola, als ginge nicht
er, sondern das Irrenhaus selbst durch die Tür. Er
hatte das Gefühl, mit ausgestreckten Beinen und

Händen auf der Brust durch die Tür zu kommen. Ausgestreckt in einem Sarg mit nackten Füßen und eingewickeltem Kopf wie die Toten auf dem Land, denen man den Mund mit einem Taschentuch festbindet, damit er nicht aufgeht, um den ganzen Kopf herum. Die elektrische Irrenanstalt war so ein langer Leichnam, dass man nicht die Füße und den Kopf auf einmal sehen konnte. Er war lang und dürr, je mehr davon herausgezogen wurde, desto mehr Zeug gab es, das drinnen blieb. Es schien gar kein Toter, sondern eher ein Darm zu sein, eine *Pajata*, ein ineinander verfaltetes Bündel aus Fett, wenn es noch im Bauch steckt. Ein Darm, den du auszuwickeln beginnst und der niemals endet. Nicola sah sich diesen hochwichtigen Toten an und dachte »wie kann es sein, dass dieses Irrenhaus so lange überlebt hat, dass es so groß werden konnte? Wenn es früher gestorben wäre, hätte ein normaler Sarg gereicht und irgendein beliebiges Grab. Jetzt hingegen wird es einen ganzen Friedhof nur für sich brauchen, oder sie begraben es in einer Ölpipeline.« Jetzt, wo es tot war, kam Nicola das Irrenhaus albern vor. Die Anstalt sah aus wie ein altes Anwesen und die, die drin waren, schienen wie so eine Art Etruskerskelette.

Ein Lager für defekte Haushaltsgeräte, die der Doktor mit Elektrizität behandelt wie einer, der einmal auf den Plattenspieler haut, wenn die Platte hängt.

Nicola dachte, dass es die Anstalt nur noch wegen eines Fehlers bei den Behörden gab. Wie die Müllberge, die auf den Straßen liegenbleiben, wenn die Kommune sich nicht mit der städtischen Abfallentsorgung abspricht zum Abholen.

Dann hat er einen Ziegelstein genommen und ihn in die Mitte des Platzes geschleppt. Er hat sich draufgesetzt und hat ausgerechnet, dass die nächste Mauer ungefähr zwanzig Meter weit weg ist. Er hat gedacht, dass er in den letzten fünfunddreißig Jahren niemals so weit weg von einer Mauer gesessen hatte. Der größte Raum in der Anstalt war der Speisesaal, aber auch wenn du genau in der Mitte saßest, warst du doch mit vier oder fünf Schritten immer schon an der nächsten Wand. Aber jetzt war es viel mehr als das Doppelte bis zu dem Haus da vor ihm.

Und auf diesem Stück ging auch niemand vorbei. Während er in der Anstalt immer jemanden bei sich gehabt hatte, einen Irren oder einen Pfleger, den Doktor oder die Schwester, die an ihm klebten und ihn keinen Augenblick verließen, damit er mal durchatmen konnte. Selbst das bisschen Luft, das in der Anstalt war, musste er sich mit anderen teilen.

Aber jetzt auf dem Platz war zwischen ihm und der Mauer nichts, nicht mal ein parkendes Auto oder eine Mülltonne, weder Hund noch Katze noch Taube.

Es gab nur die frische Nachtluft. Und er atmete sie ein, ganz für sich allein.

Anmerkung des Verlags

Irrenhäuser in Italien haben eine besondere Geschichte. Im Jahr 1978 erregte der italienische Psychiater Franco Basaglia (1924–1980) europaweit Aufsehen durch eine heftig umstrittene Reform: Die oft gefängnisartigen psychiatrischen Anstalten in Italien wurden abgeschafft, ihre Insassen danach in allgemeinen Krankenhäusern oder ambulant behandelt. Als Direktor der Psychiatrischen Kliniken in Gorizia und Triest hatte Basaglia seit den 1960er Jahren die katastrophalen Zustände in den italienischen Irrenhäusern bekanntgemacht und die Rückkehr internierter Patienten in die Gesellschaft gefördert. Viele Patienten zogen daraufhin in Wohngemeinschaften und offene Einrichtungen. Basaglias Bewegung stand unter der Maxime *Freiheit heilt*.

Junge Literatur bei Wagenbach

A Casa Nostra *Junge italienische Literatur*

Was haben sie uns heute zu erzählen, die jungen italienischen Autoren? Schreiben sie über politische Zustände oder ziehen sie sich ins Private oder Lokale zurück? Die spannende Bestandsaufnahme eines überfälligen literarischen und gesellschaftlichen Aufbruchs in ein anderes Italien.

Herausgegeben von Paola Gallo und Dalia Oggero
Quart*buch*. 208 Seiten. Gebunden mit Schutzumschlag

Michela Murgia *Accabadora* Roman

Eine Geschichte über Mutter und Tochter, wie sie noch nie erzählt worden ist. Ein Roman, in dem das archaische und das moderne Italien aufeinandertreffen.

»Dieser Roman hat mich tagelang beschäftigt. Er ist ungeheuer faszinierend.« Amelie Fried, ZDF, Die Vorleser

Aus dem Italienischen von Julika Brandestini
Quart*buch*. 176 Seiten. Gebunden mit Schutzumschlag

Gianni Celati *Was für ein Leben!*

Episoden aus dem Alltag der Italiener
Der große Geschichtenerzähler Gianni Celati kehrt nach Italien zurück und stellt uns sein Volk vor: mit all seinen Eigenarten, Verrücktheiten und Sonderbarkeiten, für die wir es lieben.

Aus dem Italienischen von Marianne Schneider
Quart*buch*. 176 Seiten. Gebunden mit Schutzumschlag

Amara Lakhous *Krach der Kulturen um einen Fahrstuhl an der Piazza Vittorio* Roman

Mord an der Piazza Vittorio! Ein Verbrechen soll aufgeklärt werden, aber vor allem entfaltet sich zwischen den Marktständen und in den Treppenhäusern der Palazzi ein vielstimmiges Portrait des römischen Lebens.

Aus dem Italienischen von Michaela Mersetzky. WAT 608. 160 Seiten

Junge Literatur bei Wagenbach

Daniel Alarcón   *Lost City Radio*   Roman

Eine Frau, deren Stimme einem verwüsteten Land die Hoffnung zurückgibt, ein Kind ohne Eltern und die Geschichte einer entzweiten Liebe »Lost City Radio« ist das großartige, universelle Porträt eines Landes zwischen Repression und Bürgerkrieg.

Aus dem Amerikanischen von Friederike Meltendorf
Quart*buch*. 320 Seiten. Gebunden mit Schutzumschlag

Emmanuelle Pagano   *Bübische Hände*

Vier Frauen, die ein Schweigen verbindet. Und die Frage nach der Wahrheit. Was geschah wirklich, damals im Treppenhaus der Schule?

»Ein leuchtender Roman um ein dunkles und schmerzliches Thema.«
Le Matricule des Anges

Aus dem Französischen von Nathalie Mälzer-Semlinger
Quart*buch*. 144 Seiten. Gebunden mit Schutzumschlag

Tanguy Viel   *Paris–Brest*   Roman

Nicht immer sind Familien Orte der Geborgenheit und Liebe ... Der neue Roman von Tanguy Viel handelt von einer bretonischen Sippe, in der keiner keinem traut. Und zwar aus gutem Grund. Ein meisterhafter, burlesker Familienkrimi.

Aus dem Französischen von Hinrich Schmidt-Henkel
Quart*buch*. 144 Seiten. Gebunden mit Schutzumschlag

Lucía Puenzo   *Der Fluch der Jacinta Pichimahuida*

Die wahren Begebenheiten, auf denen Puenzos neuer Roman basiert, haben ganz Argentinien in Atem gehalten: Als Jacinta Pichimahuida, die Kultfigur aus dem Kinderprogramm, unter mysteriösen Umständen ums Leben kommt, brechen Welten zusammen ...

Aus dem argentinischen Spanisch von Rike Bolte
WAT 641. 288 Seiten

Najat El Hachmi   *Der letzte Patriarch*   Roman

Ein bitterböser Abgesang auf das Patriarchat – und ein fesselnder Familienroman über drei Generationen, zwischen gestern und heute, zwischen der arabischen und der westlichen Welt. Temporeich und unterhaltsam, und dennoch ein Buch, das niemanden gleichgültig lässt.

Aus dem Katalanischen von Isabel Müller
Quart*buch*. 352 Seiten. Gebunden mit Schutzumschlag

•

Colin McAdam   *Fall*   Roman

Kissen voller Rasierschaum, Cola-Duschen im Tiefschlaf: Noch hecken McAdams jugendliche Helden Jungenstreiche aus – bis die erste Liebe kommt und mit ihr Leidenschaft, Eifersucht und Gewalt.

Aus dem kanadischen Englisch von Eike Schönfeld
Quart*buch*. 392 Seiten. Gebunden mit Schutzumschlag

Antonia Kerr   *Blumen für Zoë*   Roman

Ein französisches Roadmovie in den Vereinigten Staaten: Nostalgischer 60-Jähriger verliebt sich unrettbar in 22-jährige Lolita. Ein frecher, junger Blick auf eine nicht unübliche Begebenheit.

Aus dem Französischen von Jutta Schiborr
WAT 662. 144 Seiten

Wenn Sie mehr über den Verlag oder seine Bücher wissen möchten, schreiben Sie uns eine Postkarte oder E-Mail (mit Anschrift und E-Mail-Adresse). Wir verschicken immer im Herbst die *Zwiebel*, in der wir Ihnen unsere neuen Bücher vorstellen. *Kostenlos!*

Verlag Klaus Wagenbach   Emser Straße 40/41   10719 Berlin
www.wagenbach.de

Die italienische Originalausgabe erschien 2006 unter dem titel *La Pecora Nera* bei Giulio Einaudi editore in Turin.

Verlag Klaus Wagenbach, Emser Str. 40/41, 10719 Berlin
Umschlaggestaltung Julie August unter Verwendung einer
Photographie von Ascanio Celestini © Fabio Zayed
Gesetzt aus der Hollander und der Frutiger. Vorsatz- und
Bezugsmaterial von peyer graphic, Leonberg.
Gedruckt und gebunden bei Pustet, Regensburg.
Printed in Germany. Alle Rechte vorbehalten

ISBN 978 3 8031 3238 3